Autoédition Thomas Padilla
109, rue Auguste Blanqui, 13005 Marseille

ISBN 978-2-9580285-0-3

Thomas Padilla

Le Vagabond devenu Roi

Une petite épopée

À la mémoire de mon grand-père,
je dédie ce livre
car ce fut sur ses terres que, pour la première fois,
j'eus, voici plus de dix ans, la vision d'Ira.

On ne sait si ce fut au sylphe qu'elle ouvrit.

Victor Hugo.

PROLOGUE
Il s'évade du monde et traverse les miroirs

Dans une clairière que baignent de rose les rayons d'un soleil qui décline. Tout à fait à droite, une source dont le murmure se mêle au gazouillis des oiseaux et au friselis des arbres. Apparaît un homme, l'air farouche et, quant à sa mise, fait comme un voleur, et qui regarde derrière lui avec appréhension.

Première scène.
KARL, *seul.*

KARL

Voilà bien des heures que je marche... Je n'en vois plus la fin ! Où suis-je ? Je ne le sais. Où vais-je ? Je le sais encore moins. Il semble fort probable que je me sois égaré... Qu'importe, ce qui est certain c'est que les trois Bêtes féroces ne me rattraperont pas. C'est là le plus important.

Il s'apaise et écoute rêveur le gazouillis des oiseaux.

Comme la nature est plaisante et bienveillante ! Quel contraste avec la dureté et la laideur de la ville... Ah, j'en étais bien las... Mon départ s'imposait à tous égards.

Étrangement, bien que ma conscience soit lourde de faute et de culpabilité, je ne sens plus planer autour de moi les spectres et les démons qui me poursuivaient inlassablement jusqu'alors. Quoique fatigué, je me sens indiciblement soulagé. La sérénité de la nature doit certainement se communiquer à mon âme. J'en oublierais presque mon passé.

Il voit la source.

Une source ! Parfait ! Je vais pouvoir étancher ma soif et me rafraîchir...

Il s'en approche. Il boit. Une jeune fille mystérieuse, sortant des rochers de la source, vient à Karl.

Deuxième scène.
KARL, ARIA l'ondine.

ARIA

Bonjour, Karl.

KARL, *sursautant.*

Oh ! Qui êtes-vous ?

ARIA

Je m'appelle Aria, je suis une ondine ; une nymphe des eaux, si tu préfères. Je suis chez moi dans les sources, les fontaines et les étangs.

KARL, *l'examinant, ébahi.*

Comment connaissez-vous mon prénom ?

ARIA, *sur un ton ferme.*

Je suis un génie. Je connais bien des choses sur toi qui te surprendraient.

KARL, *la regardant hébété.*

Laissez-moi rire... Vous connaissez mon passé ? vous savez d'où je viens ? vous savez où je vais ?

ARIA

Rappelle-t'en : je sais beaucoup de choses sur toi, et plus que tu ne le crois. Ton âme, où se mêlent tes aspirations, tes désirs, tes tourments, tes doutes, n'a aucun secret pour moi.

KARL, *s'impatientant.*

Que me voulez-vous donc à la fin ?

ARIA

Je viens t'aider à racheter tes fautes.

KARL, *s'emportant.*

Quelles fautes ? De quoi me parlez-vous ? Bah ! Vous n'êtes pas réelle. Une ondine, bien sûr ! Vous n'êtes qu'une illusion, un songe, peut-être une hallucination. Je dois soliloquer ! Disparaissez !

ARIA

Ne nie pas les péchés que tu as commis, Karl. Je sais ce que tu fuis ; je sais ce qui te fait souffrir ; je connais ton mal-être, et je puis t'aider. Si tu étais profondément mauvais, je ne viendrais pas à ton secours. Tu as du bon en toi, et c'est pour te remettre sur le droit chemin, au propre comme au figuré, que je te suis apparue.

Sache qu'à mes yeux tu n'es pas qu'un pécheur, mais avant tout une victime de ton monde et de ton époque, et c'est pour cela que je te comprends.

Silence, où ils se contemplent longuement.

KARL, *ayant recouvré son calme.*

Vous êtes une sorte d'ange tutélaire de la forêt, c'est bien ça ?

Il s'accroupit auprès d'elle.

Ô vous devez savoir combien le remords et l'amertume me rongent intérieurement, combien sombres sont mes jours, passés à me morfondre... Alors qu'à toute heure du jour et de la nuit, sans pouvoir l'expliquer, je sens en moi plus profondément le mal s'enraciner, vous entendre dire que j'ai du bon, me soulage fortement... Non, excusez-moi, je ne nie pas mes péchés, au contraire, j'aimerais vous les confesser pour épancher ma souffrance. Cela me ferait tant de bien ; mais c'est inutile, car vous savez tout de moi, et je n'en doute plus.

ARIA

Je l'espère. *Il se relève.*
Bien. Suis ce ruisselet. *Elle le lui montre.* Il te conduira au palais des Sylvains, sages habitants de la forêt, qui ont pour Roi le brave Alioth. Un chêne colossal marque l'entrée de leur demeure. Chez eux viendra ton salut. Tu auras à les servir, car une menace terrible plane sur la forêt, et toi seul pourras les aider. Au revoir Karl. Et n'oublie pas : ne laisse pas ton mauvais côté l'emporter. Souviens-t-en ; je ne pourrai t'aider une seconde fois.

KARL

Je ferai tout ce que vous me dites. Comme je vous suis reconnaissant ! Au revoir, Aria !

Karl disparaît dans la forêt.

CHANT PREMIER
L'OGRE

Le froid des nuits sous les étoiles, l'inconfort de sa couche juchée dans un arbre à l'humide ramure, et surtout le souci de se savoir recherché, perturbèrent le sommeil de Karl. Cependant, loin étaient les remords qui n'avaient cessé de le tourmenter ces derniers temps, sorte de horde fantôme en déroute cette nuit, mais qui reviendrait à l'assaut. Karl avait fui pendant des heures entières avant de trouver ici-même ce refuge de verdure. Que fuyait-il ? Cela était obscur à lui-même, sans doute d'autres hordes bien réelles cette fois-ci : c'était quelque chose comme un grouillement d'êtres hostiles et de formes criardes qui lui voulaient du mal. Peut-être de ces bêtes féroces qui jadis acculèrent Dante. Sombre phénomène que l'écho que se renvoient l'âme en proie à des corps de bataille et la réalité en proie à des fantômes ! et quel écheveau alors que l'esprit de Karl ! il lui semblait que les traqueurs de la veille se confondaient avec des ennemis à ses talons depuis plus longtemps encore.

Lorsqu'il s'éveilla, Karl eut l'impression qu'il ne s'était pas endormi. Il n'était nullement reposé ; son esprit était encore troublé par toutes les émotions de la veille et il n'y subsistait nulle trace des rêves qui d'ordinaire peuplent avec luxuriance son sommeil : s'il avait dormi, l'émoi de la traque avait dû en geler les semences !

Les premières lueurs du jour lui faisaient autour de la tête un halo de lumière. Quelle ne fut pas sa surprise lorsqu'il vit un étang calme et moiré s'étendant à ses pieds sous les brumes du matin ! Les ombres de la veille le lui avaient complètement voilé.

Après s'être assuré qu'il n'y eût personne alentour, il descendit de son perchoir protecteur, – sans prendre garde aux multiples éraflures dont était lacéré l'arbre où il avait trouvé refuge : sans nul doute les vestiges de la fureur de ses poursuivants qui était venue se briser là –, et il alla se débarbouiller à l'étang.

La menace des Bêtes féroces, les nommerons nous, pesait tellement sur son âme, qu'il ne faisait pas un mouvement sans l'appréhension d'être vu ou entendu. Qu'allait-il faire ? Où irait-il ? Dans la confusion de ses idées, il songea même un instant à revenir sur ses pas ; il ne voyait à vrai dire point d'autre alternative, et l'inconnu, avec tout ce que ce mot convoque de virtualités funestes, lui paraissait plus terrible que ce qu'il avait déjà eu à affronter ; c'est qu'il remettait en cause les motifs qui présidèrent à son escapade, laquelle, le soleil levé, ne lui offrait paradoxalement plus que de sombres perspectives. En même temps lui restait-il assez de raison pour être sûr que battre en retraite n'était *vraiment pas* ce qu'il y avait de mieux à faire…

Or, en cet instant un besoin impératif l'avait saisi : la faim chantait dans son estomac plus fort que les oiseaux alentour. De quoi allait-il donc se nourrir ? Allait-il devoir chasser ?

Hélas, il ne pouvait d'aucune façon assoupir cette faim, qui, pensait-il, allait être son unique et cruelle compagne dans la solitude du lieu. Certes, l'étang était abondamment poissonneux, et la forêt périphérique tout entière vibrait de la grande symphonie de ses hôtes, mais n'ayant point l'âme d'un Robinson, il manquait malheureusement d'habileté pour pêcher, ou pour chasser, autant que de connaissance pour allumer un feu (il n'avait pas même un briquet sur lui !). Pourtant il faudra bien manger un peu et se chauffer quand la soirée sera venue… Cependant que sa raison, s'effrayant de cette situation critique, s'épuisait en de vaines conjectures, et, après s'être jeté sur des buissons de mûres sauvages pour les dévorer (au point d'avoir comme de leur jus sanglant jusque sur les avant-bras), Karl apercevait à l'orée de la forêt une vague silhouette qui semblait regarder vers lui. Une voix douce et mélodieuse caressa au même instant son oreille ; la vision paraissait l'appeler. Il lui sembla alors reconnaître cette jeune fille mariale qui lui avait indiqué la route des… il ne s'en souvenait plus. Que pouvait-elle bien faire dans la forêt ? Qu'importe, il lui fallait à tout prix la rejoindre afin qu'elle lui indiquât instamment la route de nouveaux hôtes sûrs. Il pénétra donc à toute vitesse la forêt, en criant à l'ondine de s'arrêter ; car la silhouette se dérobait un peu plus à chaque fois que Karl s'en approchait. Cependant, une bien singulière impression s'emparait de Karl tandis qu'il entrait dans la forêt : devant lui se déroulait le spectacle illimité de vastes colonnades d'arbres bordant son chemin, et soutenant, comme des piliers, une voûte vertigineuse de frondaisons ombreuses et luxuriantes, au travers de laquelle de faibles rayons s'insinuant, apportaient une luminosité affaiblie dans les nuances du vert ; un sentiment étrangement mystique lui serra l'âme, comme s'il entrait dans une cathédrale de feuillage, au dedans de laquelle la lumière de Dieu tombait de vitraux illuminés, si bien que Karl fut sur le point de se signer – avant de se raviser au dernier moment. Abandonnant l'idée de rattraper l'énigmatique ondine qui s'était tout à fait dérobée, Karl se laissa aller à savourer la fraîcheur de l'air où flottaient les senteurs ineffables des arbres, des arbrisseaux, des plantes, de la terre, tout rempli du gazouillis discordant des oiseaux, du doux bruissement d'un ruisseau ondulant sous les herbes, auxquels se mêlaient les vagues stridulations d'imperceptibles insectes, et le cri de quelque bête effarouchée par sa venue inopinée ; tous ces bruits qui, fondus dans le mugissement du vent, forment cette riche unité sonore, laquelle se décompose à l'infini, comme l'écrivent les philosophes. Pourtant, à mesure que Karl avançait dans le bois, trouvant à ses sens une finesse mystérieusement nouvelle, il ne lui venait plus que la perception fort distincte d'un gémissement animal, un souffle rauque, sanglotant, convulsif, qui s'élevait par saccade ainsi qu'un funèbre bourdon. C'est alors que, vision horrible et frappante ! à quelques pieds de lui, en contre-bas, Karl vit un malheureux cerf entravé singulièrement par quatre puissantes racines, lesquelles, affreuses, sortaient de terre comme d'énormes vers velus, et venaient, à la manière de tentacules, s'entortiller étroitement autour de ses pattes jusqu'à l'aine, de sorte de l'immobiliser tout à fait. C'était, à grande échelle, une de ces plantes carnivores qui attrapent les mouches. Mais dans la situation présente, la mouche était un pauvre cerf. Comme fasciné, Karl contempla de longues minutes cette bête prisonnière, dont la langue aride pendait d'épuisement, et dont l'échine frémissait, qui, tout en poussant désespérément de longs râles étranglés, peu à peu courbait vaincue ses bois majestueux et lourds, tandis que ses yeux énormes, exorbités, dardaient *les derniers éclairs de la lutte.* Étrangement, la vue de cette scène si terrible, où l'horreur accablait de douleur la beauté et l'innocence, n'éveillait en Karl ni crainte, ni pitié, mais seulement cette puissante curiosité qui naît toujours dans l'esprit humain frappé d'effroi à la vue de choses extraordinaires; en effet, l'esprit de Karl était tout entier retenu par l'étrangeté surnaturelle qui se dégageait de cette capture prodigieuse, et plutôt que de s'en étonner ou de s'en méfier, ou mieux encore de s'en effrayer, comme il eût pourtant été judicieux et naturel de le faire, Karl se sentait l'envie de regarder de plus près ce tableau fabuleux, de toucher cette bête qui, livrée là, sous ses yeux intrigués, lui apparaissait rien de moins qu'une offrande que la forêt lui faisait en guise de bienvenue. Ainsi, avec une témérité irraisonnée, Karl rejoignit le niveau inférieur où se jouait ce fort étrange spectacle, s'approchant de la bête terrifiée avec de contraires desseins, qui reflétaient le désordre de sa pensée en cet instant : il avait confusément le désir de lui porter un coup mortel avec une grosse pierre pour se rassasier de sa chair (qu'importe qu'elle fût froide), tout en même temps que de rompre les racines qui la piégeaient afin qu'au contraire elle s'échappât, et enfin celui d'avoir le privilège fameux de flatter comme un bon chien ce puissant animal dont les flancs écumeux n'appelaient pourtant guère les caresses. Mais ce que Karl ignorait, c'est qu'il commettait une grossière erreur de rester ainsi dans les parages, qui plus est auprès de ce cerf, quand il aurait fallu au moins qu'il s'enfuît de cette sinistre forêt, au mieux qu'il quittât cette maudite contrée à tout jamais. Karl, manquant de lucidité, et l'esprit comme engourdi, ne sondait donc en ce moment aucun danger ; il mettait moins encore en rapport la vision évaporée de l'ondine qui l'avait appâté, avec le piège fort singulier où ce cerf était pris, lesquels portaient sans nul doute le sceau d'un maléfice.

À cet instant, les arbres tranquilles firent un doux murmure alentour... Leurs noires frondaisons remuaient doucement sous une brise caressante, dont le souffle se faisait lentement plus sonore. Soudain, une furieuse bourrasque se précipita vers la terre, et jeta dans sa course un aveuglant nuage de poussière aux yeux de Karl, auquel, hagard, il ne put se dérober. Alors, le front courbé, la main sur le visage, Karl attendait que ce nuage se dissipât, lorsqu'un parfum s'insinua entre ses doigts et lui chatouilla l'appareil olfactif.

Au voile épais et brun qui se suspendait autour de Karl, une odeur étrange, comme de roses brulées, mêlait ses délicates volutes, éveillant confusément dans son esprit l'indistinct souvenir d'un moment mémorable où il en avait déjà été baigné ; pendant cette rêverie bizarre où son esprit inspectait vaguement les méandres de sa mémoire, ses yeux circonspects s'attachaient sur une forme suspecte qui s'ébauchait au travers du brouillard dont la densité s'évanouissait peu à peu, une forme indescriptible qui devenait lentement une fluide et inquiétante silhouette. C'est alors que, dans un éclair, Karl se souvint avoir eu cette même sensation lorsqu'il aborda tantôt le territoire de l'affreuse Mizaserug. En effet, devant lui, la silhouette revêtait la singulière apparence de ladite sorcière. Elle s'était fait passer pour une ondine et avait attiré au cœur de la forêt Karl qui demeurait tétanisé. Et Mizaserug, à sa grande frayeur, surgit de la brume, enveloppée dans son habituel manteau de plume. Elle posait sur Karl, avec une magnétique fixité, ses yeux uniformément blancs, froids et sans éclat, comme ceux d'une morte, et qui plongeaient pourtant, mieux que les regards d'une devineresse, au plus profond de son âme. Karl avait maints reproches à adresser à la sorcière, mais la crainte et la surprise le laissaient pour l'instant muet et les yeux riboulants. Au moment où il se rappela dans un tressaillement, qu'il n'avait pas tenu *sa promesse*, ces paroles visqueuses et sifflantes coulèrent de la bouche de la sorcière (sans qu'étrangement ses lèvres pâles et sèches ne remuent) : « Nous étions convenus d'un marché : tu as manqué à ta parole, félon voyageur. » Cependant que de son gosier en feu, le cerf continuait d'élever dans la brume de la forêt des plaintes à mesure plus défaillantes, la sorcière poursuivit de sa voix de serpent : « As-tu oublié que je t'ai donné *ce flacon* pour ton elfe seulement en échange d'une mèche de ses cheveux ? Ah... Pourquoi donc ai-je pactisé avec toi, sale humain ! Son ton se durcit : Que ne sais-je donc pas combien vous autres êtes pleins d'insouciance et de déloyauté ! Mais tu le regretteras, vaurien ! » Au moment où la sorcière étendit sa large main sur Karl, comme, aurait-on dit, pour qu'il en surgît la foudre du châtiment, le vagabond, avec des éclairs de lucidité surprenants, lui rétorqua brusquement : « C'est vous qui m'avez trompé ! Vous m'avez remis un breuvage *mortel*, alors qu'il était censé rendre *amoureuse* celle qui le boirait ! Qu'avez-vous à répondre à cela ? » La sorcière eut d'abord une expression hideuse, qui traduisait le trouble agréable dans lequel cette déclaration l'avait jetée, puis elle poursuivit avec un sourire à demi esquissé, comme si elle se réjouissait secrètement de cette mort : « Ce n'est pas ma faute ; vous avez trop tardé. Je t'avais prévenu que ce breuvage pouvait devenir *mortel* s'il était pris au-delà d'une certaine heure – de surcroît par une nuit de pleine lune, et la lune flottait dans toute sa nitescence ce soir-là sur le palais des Sylvains. Cela néanmoins n'est pas une excuse. Certes, j'ai eu l'orichalque – dont je n'ai que faire – mais toi, tu as eu mon flacon, alors que je n'ai pas eu mes cheveux. Tu dois être puni. » Karl poursuivit soudain avec une témérité dont il fut le premier surpris : « Que vous faisait après tout cette mèche de cheveux ? À quelle perfide manœuvre comptiez-vous encore vous livrer ? Vous enivrerez-vous donc toujours de cette liqueur où votre fiel se mêle à votre perversité ? » Cette tirade ne souleva aucune émotion dans l'âme de la sorcière, qui, implacable, répliqua aussitôt : « Souviens-toi de ceci, pauvre humain : ton fond est plus mauvais que le mien ; mais réjouis-toi : je prédis que ça te réussira puisque *tu deviendras roi* ! », et elle jeta dans les airs un flot furieux de vocables obscurs. C'est alors que les tentacules velus, enlacés aux pattes du cerf, desserrèrent soudain leur pression, et avec un hideux glissement, se retirèrent lentement dans leur trou comme d'affreux aspics ; libre, le malheureux cerf se lança aussitôt dans une course péniblement précipitée, et disparut en suffoquant dans la profondeur du bois. Karl regardait interdit sa fuite, lorsque, plein d'effroi, il sentit quelque chose s'enrouler autour de ses mollets et bientôt lui saisir une à une les jambes... Horreur ! sous l'ensorcellement de cette Canidie, les vivantes racines, ou peut-être même les tentacules d'une pieuvre souterraine, le capturaient à son tour ! Vous ne pouvez juger de la terreur qui saisissait Karl avec ces hideux tentacules ; malgré tout, il essaya de se dégager, et proféra ceci contre la sorcière, tout écumant de colère et de peur : « Pourquoi donc m'entraver après ce cerf ? Qu'allez-vous me faire à présent, répugnante sorcière ? » Mizaserug fit à Karl signe d'écouter alentour un bruit de pas naissant, et lui répondit avec un rictus qui éclairait son ténébreux visage d'une lueur infernale : « Moi, plus rien... C'est à *lui*, maintenant ! » Les pas résonnaient cependant dans la forêt, plus lourds, plus forts, imprimant dans leur succession un tremblement croissant à la terre ; silencieuse en comparaison, une cohue de bêtes effarouchées surgit de toute part du bois, fuyant dans une folle effervescence *la chose* innommable qui approchait. Au milieu de la clameur, Karl vocifèra, terrifié, la voix ébranlée par l'affreuse secousse : « Quel monstre avez-vous crée avec votre baguette ? » Là, elle éclata de rire, avec un ricanement si effroyable qu'il semblait que des corbeaux croassaient dans sa gorge. Au même instant, le vent furibond qui avait apporté tout à l'heure cet oiseau de malheur tourbillonna tout à coup, et vint envelopper dans un manteau de poussière la magicienne ; comme elle s'était ébauchée, sa silhouette s'effaça par degré au milieu de la poussière flottante ; alors, cette rafale ensorcelée, pleine des atomes éparpillés de la sorcière, prit son essor et disparut dans l'atmosphère, en traînant sinistrement l'écho de ses rires diaboliques. Cependant, songeant plus à s'extirper de ce piège qu'à se figurer l'horrible chose qui accourait, et qui dans sa course mêlait à son souffle palpitant de terribles rugissements dont Karl frémissait d'avance, ses poings s'efforçaient toujours à arracher les liens qui l'entravaient ; et dans la persévérance de sa vigueur, il parvint enfin à dégager l'une puis l'autre jambe des racines tenaces.

Mais sitôt libéré de cette entrave, Karl se sentit enchaîné de plus belle et avec plus de puissance par une pétrifiante frayeur : figurez-vous un être anthropomorphe d'une taille et d'une carrure impressionnante, en somme effroyablement colossal, avec une crinière noire et léonine ondoyante, la peau épaisse et tannée, une large gueule où l'écume visqueuse se mêle au sang frais de sa dernière victime, ayant l'air farouche et cruel d'une bête affamée, couvert de quelques peaux de bêtes, muni en sa main droite d'une puissante lance, et chargé de tous les armements rudimentaires de l'homme du néolithique qui vous viennent à l'esprit ; vous avez à présent dans cette ébauche d'ogre vêtu et armé à la façon de nos lointains ancêtres, une idée infime et certainement imparfaite de ce qui en cet instant s'approchait à toute vitesse de Karl, et, se tenant à quelques dizaines de mètres de lui, avec un air féroce, le menaçait en l'ajustant de sa lance. Pour sûr, les enfants ne doivent pas être les seuls à tenir leur place dans le régime alimentaire d'un spécimen comme celui-ci !

Karl était pour cet ogre une proie inattendue, plus aisée à attraper, car étant bien moins véloce que le cerf dont il avait entendu le cri et qui l'avait attiré. Mais c'était aussi une proie bien moins charnue... Devant cet état de fait, le visage austère de l'ogre prit une expression atrocement indéchiffrable : Il renonçait à tuer Karl, songeant (car un ogre peut songer) qu'un homme pourrait être *utile* à bien des égards s'il était capturé.

La nature tout entière s'effarouchait devant ce monstre de la lignée des géants d'Eschyle, que l'entendement humain, dans un jugement bien trop hâtif, avait cru disparue d'abord, légendaire ensuite. Ah ! Karl eût vivement souhaité avoir autour du doigt, en cet instant fort embarrassant, l'anneau de Gygès, ou bien que la sorcière lui fît profiter de son sortilège de vaporisation des chairs, afin qu'il se dérobât aux yeux de cet être terrible. Cependant, remis de la stupeur dans laquelle l'avaient jeté la brutale apparition de l'ogre et son extraordinaire physionomie dont la seule évocation fait tressaillir, et bien que se sentant menacé par la lance, avec de froides gouttes de sueurs au front, Karl méditait dans son désespoir la manière de différer sa mort. Se rappelant avoir ouï-dire que ces monstres craignent fortement l'eau, il se précipita en toute hâte vers l'étang, et, en jetant dans son dos de brefs coups d'œil, il vit soudain l'ogre étrangement abaisser sa lance. Il se ravisait comme on le sait. À présent, l'ogre voulait Karl vivant. Ce dernier, disposé à ajouter foi aux infaillibles paradoxes de Zénon, essayait au même instant de se persuader par un raisonnement fort logique qu'il serait *impossible* au monstre de combler l'écart d'une trentaine de mètres qui les séparait ; et qu'il avait ainsi tout le temps d'atteindre son but avant que l'ogre ne l'eût rejoint ; mais lorsque Karl tourna une seconde fois la tête, hélas, le monstre, à défaut de le prendre au lasso – les ogres n'ayant pas la science des gauchos brésiliens –, sauta sur lui comme un léopard sur une gazelle, et le précipita à terre dans un grand bruit. « Douleur ! », « Fatale illusion ! », « Triste sort ! » tels étaient les mots qui en cet instant résonnaient dans la tête de Karl... Ah, que parfois l'homme est naïf, et qu'en se laissant si aisément leurrer par des sophismes, il montre que de l'intelligence à la bêtise, il n'y a qu'un pas!

Ses mains et ses pieds furent ligotés dans un mouvement plein de fureur et cependant très prompt, puisque Karl n'eut pas même le temps de se débattre ; ou bien était-ce qu'au moment où il l'attrapa, il put si bien juger avec effroi jusqu'à quelle hauteur la force de l'ogre touchait, qu'il avait préféré faire le mort et laisser la bête le capturer, réprimant alors toute idée de résistance, que quelque espoir de fuite ne pouvait dans tous les cas plus faire naître, et qui, outre de s'avérer inutile, n'aurait fait qu'exacerber la fureur du monstre et entrainer un plus rude traitement. Mais Karl eut néanmoins préféré la mort à ce qui va suivre... Après qu'il l'eût ligoté, si durement que ses mains et ses pieds aussitôt s'engourdirent, l'affreux monstre, avec des filets de bave qui coulaient de sa gueule et qu'il s'essuyait en même temps d'un revers de main, se mit à tirer Karl au bout d'une corde qu'il tendait par-dessus son épaule immense. Quelle sentence pleine d'un cruel dédain ! et quel affreux calvaire ! Pendant plusieurs heures sa chair vive se déchira sur la terre rocailleuse, et comme Hansel laissa derrière lui des cailloux blancs, l'ogre marquait son chemin des lambeaux sanglants de Karl. Oui, ce dernier eût préféré expirer avant, comme Hector, et que le monstre ne trainât que son hideux cadavre... Mais hélas !... Et son corps rougissait, mais d'une autre sorte que juste recouvert du jus des mûres !

Karl n'était bien qu'une tortue à coté de ce monstrueux Achille.

Pendant que l'infortuné vagabond s'enfonçait avec l'ogre, par un ténébreux layon de la forêt, au milieu des hululements qui s'élevaient, et où seuls luisaient au travers des sombres plafonds de frondaisons, comme des étoiles, les yeux fantastiquement ardents des gros chats-huants perchés çà et là dans les arbres, en son cerveau bringuebalé défilaient et se mêlaient de confuses visions qui allaient s'obscurcissant, et tandis que ses yeux voilés lentement se révulsaient, il se disait en lui-même, avec le peu de conscience qu'il lui restait, que l'homme a lui aussi son prédateur... – et il entendait moribond le souffle grondant du monstre. Puis il s'évanouit.

CHANT DEUXIÈME
LES TROIS LUNES

Sur le moment, Karl n'aurait su dire combien de temps s'était écoulé lorsqu'il se réveilla, combien de temps ses froides lèvres, qu'un souffle imperceptible entrouvrait, restèrent pareilles à celles d'un mort ou d'une statue avant qu'il ne les remuât, combien de temps Thanatos, dans sa lugubre manœuvre, convoita perfidement son âme à Hypnos. Une heure, un jour, une semaine, peut-être ; il ne savait point ; et à l'heure actuelle, il vous avouerait que lorsqu'il essaie de revivre, par le souvenir, cette terrible épreuve, de ressentir l'unique impression de néant qui l'habitait en cet instant, son esprit se charge tout à coup des mêmes vapeurs qui aveuglaient alors sa raison, et il ne sent plus les heures, et il ne voit plus l'espace.

Dans un premier temps, Karl était donc saisi d'un tel trouble, qu'il se pensait lui-même mort. Tout n'était en effet que ténèbres autour de lui, et il crut n'être plus qu'une malheureuse âme, qu'une conscience sans atome perdue par le néant illimité, condamnée pour expier peut-être ses fautes, son crime peut-être, à une errance entre deux mondes, si, pris de fièvre et d'horribles convulsions, se sentant la chair à vif, ayant faim, il n'avait compris, en méditant sur sa détresse, que pareille douleur ne tourmente qu'une âme toujours assignée dans un corps souffrant, donc *encore vivant*. Au reste, de confuses perceptions réveillant sa sensibilité endormie, le confirmaient dans l'idée que, vivant, il l'était bien : il lui semblait entendre bêler et rire, et si une vague odeur de chair fraîche et pourrie la lui agressait, des parfums de ragoût excitaient par contre son olfaction. Quelque temps après, Karl se rendit compte qu'il était couché sur des rameaux et qu'il portait, en guise de couverture, une épaisse peau de bête par-dessus les lambeaux de ses vieux vêtements.

Peu à peu, défaisant les chaînes de sa prostration, Karl commença péniblement à bouger, à sortir de sa lugubre torpeur, à redonner vigueur à ses membres roides, amorphes, léthargiques, couverts d'hématomes et d'écorchures saigneuses, mais lorsqu'il hasarda un mouvement de la jambe, hélas, il s'aperçut qu'une corde bien réelle liait sa cheville à la rugueuse et froide paroi contre laquelle son crâne s'appuyait. *Maintenant, je suis captif,* pensa-t-il avec une expression résignée, et il scrutait anxieusement, d'un regard circulaire, les ténèbres qui l'environnaient, comme afin d'en saisir l'insondable étendue.

Il découvrit alors, agréablement surpris, un pot en terre rempli d'eau et une belle tranche de viande posée sur un morceau de bois. Il avait été traité, semble-t-il, avec quelque égard. « Quels qu'ils soient, ceux qui me retiennent captif ici, ont tout de même un peu d'humanité ! » se disait Karl en buvant et en mangeant. Cependant, sa rétine, qui était longtemps restée noyée dans l'obscurité, par degré s'emplissait de vagues lueurs, comme si, un à un, l'on enlevait les bandeaux qui jusqu'à présent lui voilaient les yeux. Il se fit à cet instant devant Karl une porte de lumière, dont les obliques rayons, rebondissant sur les murs de ce sépulcre géant, avant de fondre dans ses abyssales ténèbres, illuminaient vaguement de leurs pâles reflets le relief rocheux des vertigineuses parois de craies, lesquelles en se perdant dans l'ombre profonde, soutenaient une immense voûte, d'où pendaient affreusement, par milliers, de sinistres stalactites. Tel était le spectacle formidable qui saisissait en ce moment ses yeux alternativement déconcertés et subjugués. Cette prison sépulcrale, le lecteur l'a bien compris, était donc une caverne, ou plutôt une sorte de chambre dans la caverne, comme nous le verrons plus tard. La situation de Karl remémore certainement aux lettrés celle des prisonniers de Platon ; soit ; mais Karl regardait, quant à lui, directement le soleil, fût-il à son déclin.

Oh ! quel frisson le saisit, et il sentit monter un cri dans sa gorge, lorsqu'à cette clarté qui, du ciel, vient dans le tombeau, lui apparurent tout à coup, encastrées les unes à côté des autres dans les parois de roche et de mastic, de hideuses têtes de morts, qui, se mêlant pêle-mêle en une interminable et sordide rangée, tantôt grosses, tantôt petites, mesquines, menaçantes, narquoises, et toujours édentées, semblaient lancer vers le prisonnier, avec ce ricanement sinistrement sceptique, l'épouvantable regard éteint de leur ténébreux orbites. « Ce sont là des objets de culte, conjecturait Karl dans son effroi, ça ne fait pas de doute que les habitants de ce lieu sont des adeptes de la nécromancie... » Comme s'accoutumant à ce terrible spectacle, le prisonnier restait longuement absorbé dans leur effroyable et silencieuse contemplation, lorsque le faible écho de quelques voix qui retentissaient au loin, effleura soudain son oreille. Aussitôt, Karl détacha son regard des crânes, et le portant vers la provenance du bruit, il vit avec stupéfaction, dans le clair-obscur de la caverne, trois immenses silhouettes, hautes, massives, rondes, noires, qui, occultant la lumière blafarde qui jaillissait dans leur dos, lui firent la fantastique et terrible impression de trois lunes placées devant le soleil au moment de son éclipse. Ces trois masses mouvantes, après qu'une grande main leur eût ouvert le passage (comme si cette main avait écarté promptement la chevelure de la grotte), s'approchaient de Karl en causant dans le dialecte de l'Enfer ; leur pas lourd et sonore faisait courir une vibration le long des parois et un frémissement dans son dos ; quand elles s'immobilisèrent à une courte distance de Karl, leurs affreuses voix se turent, et le prisonnier n'entendait plus que trois vagues respirations, graves, éraillées, irrégulières, pareilles à celle de la bête terrible qui l'avait attrapé. Mais, en cet instant, ignorant même comment il s'était retrouvé prisonnier de ce lieu, Karl était bien loin d'associer ces êtres au monstre qui l'avait capturé, dont le souvenir avait fui son esprit comme l'eau un vase fêlé. Ces masses restaient ainsi dressées impérieusement devant lui, dans leur rigidité de pierre, durant d'interminables secondes. Épouvanté, et sentant tout son sang refluer dans son cœur, le prisonnier aventura en tremblant ses yeux jusqu'à la cime de ces montagnes ; alors, croisant le feu de leurs prunelles ardentes, il déroba tout de suite son regard aux leurs, et comme une tortue qui a rentré effarouchée la tête dans sa carapace, il demeurait pétrifié, la face contractée de terreur, dans l'ombre que jetaient sur lui ces monstres titanesques. Après plusieurs minutes passées à observer un pesant silence, une voix des ténèbres s'éleva. Elle interpellait le prisonnier. Déchiffré, cela donnait (c'est seulement à ses intonations que ce langage devait de n'être pas inintelligible à l'oreille de Karl) : *Tu seras notre esclave !* dans le jargon des ogres. Ni le lion, ni l'ours, ni le smilodon, ni même aucun monstre naît de l'imaginaire fécond de l'homme, depuis le Cyclope jusqu'à la Bête du Gévaudan, ne rendrait un cri plus rauque, plus violent, plus terrible. Cette voix n'avait qu'un vocable, mais ce vocable plusieurs intonations : tout à la fois dédaigneux, insultant, impératif. Sa brièveté ne desservit en rien à sa portée, et là où le factice langage des hommes eut besoin d'au moins une phrase, il ne fallut qu'un mot – car tel est le miracle des langues holophrastiques – à ce géant pour faire comprendre à Karl l'objet de son apostrophe. Il venait informer le prisonnier du sort qui lui était réservé. Probablement la servitude, sûrement la mort, éventuellement l'une, puis l'autre. Que lui importait de connaître ce qui allait vraiment advenir dans cet antre, il savait de toute façon ses jours de liberté à jamais révolus dès l'instant où sa route avait croisé celle de l'ogre, et même ses jours de captivité, à présent, Karl les savait comptés, depuis qu'il s'était réveillé dans cette prison de roc. Ainsi qu'un sablier qui s'épuise, ses pulsations, avec leur lenteur résignée et irrégulière, étaient comme le fatal rappel de l'inéluctabilité de sa mort. Mais la peur qui le bâillonnait et qui l'empêchait ne serait-ce que de bafouiller un mot tout en lui emballant encore quelque peu ce pouls de moribond, prouvait, avec son appétit, que son sort ne le laissait au fond pas si indifférent... Tout en remuant convulsivement la tête, ce qui, en cet état de mutisme pouvait être pris pour une apparente volonté de sa part de communiquer, de satisfaire à leur requête, alors que ce n'était là qu'un réflexe nerveux des muscles de son cou endolori, les crânes des murs revenaient à l'esprit de Karl, et n'entendant plus que son cœur en ses lugubres volées, cogner et retentir, funèbre cloche, dans sa poitrine, le prisonnier songeait en frémissant que ces monstres devaient être anthropophages ; si bien qu'un cortège d'affreuses visions s'empara de sa conscience et les lui montra affairés à découper son corps, à creuser sa poitrine, à en sortir son cœur sanguinolent encore chargé du tumulte et des palpitations de l'effroi, ses chairs en lambeaux pendant à leur gueules béantes, ses yeux croqués comme des reines-claudes, la moelle de ses os avec délectation sucée; puis, repus et ivres de son sang, ornant leur hideuses parois avec son cœur de pierre et sa tête décharnée. Soudain, une seconde voix – *...Et j'espère notre repas !* disait-elle –, plus vigoureuse encore que la première, dans un cri terrible que la haine seule semblait animer, tira brusquement Karl de sa macabre rêverie. Un des deux autres monstres qui se tenaient jusqu'alors fixement aux côtés du premier dont Karl n'avait su satisfaire la requête, avait été, pensait-il, mécontent de son mutisme, et ce cri enjoignait donc Karl à répondre à son chef. Cependant, sans savoir ce qui aiguillonnait sa curiosité qu'il sentait de seconde en seconde davantage s'éveiller sous ses paupières closes, et sans toutefois que sa crainte ne diminuât, le prisonnier ouvrit ses yeux et les porta de nouveau au faîte de ces géants qui lui apparurent dans une contenance fort différente de la solennelle impassibilité dans laquelle, à première vue, il les avait cru figés. Karl comprit que cette seconde voix ne s'adressait en réalité point à lui, et avait exprimé sa vive désapprobation avec ce qui venait de lui être dit, car, peut-être, ne s'entendait-elle avec les autres sur le sort qui lui était réservé. Dans le formidable tableau de ces trois colosses qui se changeaient aux yeux du prisonnier en trois montagnes, il voyait plus distinctement à sa gauche le monstre révolté, fougueux, comme érigé, croyait-il, en défenseur de sa cause, et qui lançait un regard terrible de menace sur ses deux congénères, lesquels n'osaient le soutenir. Comme le révolté gardait fixement sa tête cyclopéenne de profil, comme taillée à la serpe, la lumière découpait avec sévérité la ligne vaguement incurvée de son front parsemé d'une sombre chevelure, puis traçait le contour de son formidable nez grec d'un arpent, dont Karl entendait et voyait les larges naseaux, sous le coup d'une ardeur ineffable, palpiter et souffler effroyablement comme les tuyères béantes qui avivent le feu de l'Enfer ; plus bas, ce dessin s'achevait avec ses lèvres charnues qu'une moue redoutable contractait, et où l'écume des crocs recelés luisait comme de hideux diamants ; sous le sourcil froncé, l'œil fauve jetait des lueurs de fournaise. Au trouble que ressentait Karl en contemplant l'effroyable bête, s'ajouta l'épouvante lorsqu'en elle, Karl reconnut la terrible créature qui l'avait capturé dans le bois. Le souvenir de sa capture, jusqu'à présent enfoui dans les méandres de sa mémoire, lui revint bientôt, et il comprit enfin qu'il se trouvait dans le repaire de ce monstre. Il se tenait devant lui avec deux congénères. Malheur ! Karl comprit que cette bête farouche qu'il pensait être son sauveur n'était rien de moins que son chasseur ; au demeurant, tout ce que disait ce prédateur ne pouvait qu'être hostile à sa proie. Après quelques secondes, le monstre du milieu rétorqua au chasseur hideux et révolté quelque chose – qui donnerait dans notre langue : *Oui, mais tu le sais, il faut l'engraisser avant de le manger !* – avec gravité et lenteur, quelque chose qui, plus délayé que les paroles précédentes, lui apportant les gages qu'il réclamait, et réparant ce dont il s'était senti lésé, parut aussitôt soulager son humeur redoutable. Toute la fureur que réprimait jusqu'alors l'horrible chasseur, éclata à ce moment dans un rire furieux, inextinguible, qui ébranla toute la caverne. Il lança encore à vive-voix quelques vocables – *Et c'est moi qui, le moment venu, quand il sera bien gros, me ferai un plaisir de lui porter le coup fatal et de le découper !* – au milieu de l'assourdissant vacarme, et s'en alla lourdement, sans attendre les autres, avec, sur son visage hideux, une démoniaque expression de contentement bestial. Longtemps après que sa silhouette se fût tout à fait dérobée, les parois plutoniennes de la caverne roulèrent et répétèrent sans fin les échos sinistres de son rire homérique... Sa soudaineté et sa virulence avait causé un tel étonnement mêlé d'effroi chez les deux autres géants, qu'un profond trouble semblait avoir saisi leurs fronts pourtant imperturbables; effectivement, Karl remarquait qu'une contenance fort embarrassée avait succédé à la solennelle froideur du premier abord, et il jugeait, en veillant à déguiser sa clairvoyance sous une mine hagarde, que ce trouble évident révélait la présence d'une certaine sensibilité chez ces êtres, ou du moins contrariait l'idée qu'ils en fussent totalement dépourvus, et que seule une impassibilité animale les habitât. De plus, ils avaient traité leur prisonnier avec attention, l'ayant couché sur un lit pas trop inconfortable et ayant veillé à ne pas le laisser mourir de faim ou de soif – ni de froid. Ces réflexions lui apportèrent un semblant de réconfort dans sa torpeur, car le monstre furieux qui venait de se dérober, par sa violence et ses excès, les relativisait complètement. De surcroît, leur prétendue sensibilité ne signifiait aucunement qu'ils pussent éprouver de la pitié pour l'un des leurs, encore moins pour un être étranger, l'éthique humaine perdant toute sa valeur et son influence dans cette société primitive. Pour cette raison, Karl avait fort à craindre que ces deux-là ne le traitent aussi cruellement que leur furieux congénère n'était prompt à le faire. Et son appréhension se confirma. Karl acheva à peine sa réflexion que le géant qui n'avait rien baragouiné, s'avança vers lui, et en gardant toujours le silence, tira de sa hanche une pierre taillée... Un frisson n'avait pas eu le temps de parcourir son échine, son cœur de se lancer dans une folle palpitation, un gémissement de se jeter hors de sa gorge, une sueur d'effroi de perler à son front, que l'arme, d'un coup et sans bruit, avait déjà tranché... la corde qui entravait le prisonnier. Ils libéraient Karl. Enfin, c'est ce qu'il crut dans un élan irréfléchi d'euphorie. Son histoire était en vérité très loin d'être finie avec ces êtres. Cependant, à l'horizon, le soleil déclinait déjà. Tel un archer complice des ogres, l'astre agonisant n'avait cessé depuis le réveil de Karl, de darder ses flèches aveuglantes vers ses yeux, comme pour que Karl ne les distingue qu'à moitié et qu'ainsi, ils lui apparaissent plus redoutables, plus monstrueux, qu'ils ne l'étaient vraiment, l'imaginaire ayant à se substituer à la raison pour apporter les finitions à ses ébauches. Dès lors, cette aura mystérieuse qui les entourait et qui s'était imposé à son esprit, se dérobait avec le soleil, et les ogres apparurent à Karl sous un nouveau jour. Sa posture couchée, la crainte démesurée qu'ils lui inspiraient, et les rayons du soleil qui, comme on l'a dit, l'aveuglaient à moitié, ces trois éléments avaient en effet participé à faire paraitre aux yeux de Karl les ogres bien plus grands qu'ils ne l'étaient véritablement. Ils avaient en réalité la morphologie de très grands hommes (ils seraient en quelque sorte aux humains ce que les tigres sont aux chats), et rien chez eux n'appelait le qualificatif *monstrueux*. Athlètes, leur corps était d'une musculature sculpturale, leur peau était tannée, et leurs yeux étaient d'ébène comme leurs longs cheveux, où l'or ruisselait, et qui se déployaient sur leurs puissantes épaules, ou étaient tenus par un chignon.

Karl comprit au regard du premier ogre qu'il lui fallait se lever. Sans qu'il s'en rendît compte, sa terreur avait laissé place subitement à une défiance bien moins invalidante. Karl recouvra l'usage de ses jambes non sans maladresse, et il rejoignit clopin-clopant les deux ogres qui l'attendaient. « Où me conduisent-ils ? » se demandait Karl, cependant que le groupe pénétrait dans le compartiment voisin, séparé du lieu de sa réclusion par une grande étoffe percée de mille trous, où le soleil aimait à s'infiltrer. C'était là, supposa Karl, la partie principale de la grotte. La vive lumière d'un soleil couchant la baignait de ses tons mordorés. Elle s'ouvrait largement sur la vallée, comme une bouche géante qui bâillerait. Si on levait les yeux, on ne savait pas, éblouis, où la voûte de la grotte se terminait, et où les cieux commençaient. On se serait cru dans un crâne immense – sauf que la vie y était bouillonnante. Une dizaine d'ogres, dont une majorité de femelles que le prisonnier distingua aussitôt, étaient affairés çà et là, à diverses tâches de dépeçage, cependant que plus loin, les mâles, dont son chasseur, préparaient un feu, tandis qu'un autre ogre, assez corpulent d'ailleurs, battait le fer. Avec le bruit qui s'arrachait de l'enclume, des rires, des exclamations, des tintements joyeux, emplissaient l'air qui était saturé d'une âcre odeur de viande cuite annonçant l'imminence du repas – il est inutile de préciser que les ogres sont dans l'ensemble des gaillards assez bon vivants. À l'arrivée de Karl, un lourd silence se fit soudain. Tous avaient laissé leur activité et attachaient sur l'homme un œil à la fois dédaigneux et curieux : partout la réputation des hommes est mauvaise, et elle l'est plus encore chez les ogres qui reprochent aux hommes tout ce que les hommes reprochent aux ogres, et qui se font des hommes précisément l'idée que les hommes se font d'eux : c'est-à-dire qu'ils sont leurs contraires barbares et dénaturés. Bien que se sentant écrasé par ces regards hostiles et par ce pesant silence, le prisonnier veillait à n'y prêter aucune attention et il suivait, courbé, les deux ogres dont la présence lui devenait secrètement réconfortante, et derrière lesquels il essayait en vain de se dérober. Après que le groupe eût enfin traversé la partie principale de la caverne, on fit signe à Karl de s'arrêter aux abords du territoire extérieur. L'un de ses hôtes, si vous me permettez le mot, étendit alors sa main sur la verdoyante vallée qui se déroulait à leurs pieds, ou plutôt sur la vingtaine de tranquilles ruminants qui y paissaient, et bafouilla quelque chose d'obscur dans son ténébreux jargon. Karl comprit qu'on attendait de lui qu'il s'employât à les tondre et à les traire, et, regardant un grand morceau de viande pendu qu'on lui désignait, il sut qu'il mangerait pour salaire. Puis l'ogre empoigna un puissant couteau, fit de vagues et amples gestes avec son autre main de sorte que son prisonnier comprit que, s'il essayait de fuir, il serait égorgé. Enfin, ils raccompagnèrent Karl dans sa sépulcrale cellule, tirèrent l'épaisse étoffe et le laissèrent seul et résigné dans l'ombre et le froid. Pour se réconforter en rejoignant sa couche de peaux et de feuillage – car c'est bien une chose humaine que de toujours essayer de dédramatiser notre malheur

– Karl songeait que ce pourrait être au fond une expérience *exceptionnelle* et que la société de ces êtres primitifs pouvait ne pas lui être *trop* désagréable. Il ne pourrait pas être, songeait-il, traité plus mal qu'il ne l'avait été déjà chez les hommes. Jeune exilé volontaire, il s'exclama en lui-même : « Ma foi, les humains furent comme des ogres à mon encontre : qui sait ? les ogres se montreront peut-être humains avec moi ! » Ils semblaient en effet résolus à le nourrir et à ne point le rudoyer s'il remplissait correctement les tâches dont il allait être chargé. Karl se dit qu'après tout, c'étaient là, dans un cadre plaisant, de saines activités qui lui seraient imposées, lesquelles ne pourraient qu'être bonnes pour son esprit *et* son corps... et sans doute, lui, insomniaque chez les hommes, retrouverait-il, par là-même, un bon sommeil. Karl acheva sa réflexion sur ces mots : « Oui, je puis leur laisser ma liberté à ce prix, mais qu'un certain temps quand même. Ensuite on verra. Espérons... »

Cependant l'étoffe qui séparait Karl du reste de la caverne, rideau mité qui semblait de fer, se teignait des reflets d'un grand feu, et une vague chaleur glissait jusqu'à lui. Karl entendait de grands éclats de rire gutturaux, et, se levant, il vit, par les trous de l'étoffe, une scène éblouissante de bombance qui lui évoqua douloureusement bien des souvenirs de sa vie de jadis.

CHANT TROISIÈME
CHEZ LES MONSTRES

Cette tribu présentait une organisation patriarcale très proche de celle des premiers groupes humains. Sept mâles, neuf femelles – nous ne dirons ni « homme » ni « femme » pour nous épargner toute fastidieuse considération ethnologique, et ne regarder ces individus que du point de vue animal –, et dix jeunes, la composaient lors de l'arrivée de Karl.

Ayant de l'homme, ayant de l'ogre, il serait juste de les ranger dans le nouveau genre homo orcus.

Le pouvoir était concentré dans les mains du chef ogre qu'on baptisera Capum (il ne fait pas de doute que les latinistes trouveront ce nom et ceux qui suivent fort à propos). Vous le connaissez : c'est l'ogre qui a adressé la parole en premier à Karl et qui lui a expliqué, avec de grands gestes, ce qu'il attendait de lui. Si l'on devait le décrire de manière lapidaire, nous dirions qu'il est droit et inexorable. Passons brièvement en revue les autres ogres de la tribu : il y avait Ira, que l'on a déjà rencontré aussi ; c'est le chasseur de Karl, le monstre plein de cruauté, au rire inextinguible, animé, comme son nom l'indique, par la colère et l'agressivité. Il est écrit qu'il vouera éternellement une indicible rancœur à l'endroit de Karl. En outre, il y avait Grossus, le plus gros et le plus lourd des ogres, mais peut-être aussi le plus brave ; il y avait aussi Fidelis, le compagnon loyal de Capum, et Mutus, le taciturne, à la personnalité la plus secrète et la plus énigmatique ; enfin, il y avait Naris, l'ogre aux sens les plus développés, et Senilis, le sage de la tribu, l'Ancien, qui invoquait les âmes des morts au cours de rituels ancestraux.

L'élevage de leurs ruminants et la chasse du gibier approvisionnaient en viandes et en lait cette tribu à laquelle il arrivait de procéder à toute sorte de sacrifices au cours desquels il lui était coutumier de boire du sang et de se livrer au cannibalisme. Les femelles confectionnaient pour leur part avec les peaux et les tontes, des vêtements chauds et résistants qui témoignaient d'une grande habileté. Les Ogres – relativement à cette tribu, nous les désignerons maintenant avec une majuscule – s'assuraient de la sorte une parfaite autonomie, et se dispensaient ainsi de tout contact extérieur que permettaient pourtant la présence d'autres ogres non loin, des Sylvains dans la forêt voisine, et la proximité des Nains dans les profondeurs de la montagne dont, sur le versant méridional, les Ogres, en manière de troglodytes, occupaient l'une des innombrables cavités. Mais ne manifestant aucunement ni le besoin ni le désir de s'enrichir, cette tribu ne songeait point au commerce de ses peaux et de son lait dont elle pouvait pourtant tirer force profit. Toutefois, Karl se désola de voir que l'homo orcus ne cultivait point le tabac…

Karl fut astreint à son rôle de serf, seulement deux semaines. Bien que funeste, un évènement inattendu et déterminant survint en effet qui lui fut bien salutaire.

Comme on sait trop bien qu'on ne retire que peu de réjouissance d'une condition d'esclave, ces journées furent en réalité ennuyeuses à mourir, mornes, pénibles, désolantes, éprouvantes, et lui apparurent éternelles. Ce séjour chez les Ogres n'eut finalement rien d'enrichissant pour Karl – du moins jusqu'au fameux jour.

Avant d'y venir, voyons ce qu'il s'est donc passé auparavant.

Quinze jours durant, Karl se consuma dans la traite, la tonte et le dépeçage, par un soleil de plomb qui le cuisait, sous l'autorité de femelles, qui étaient de fort désagréables et exigeantes ogresses, pendant que les mâles ripaillaient, chassaient, ou enseignaient aux jeunes les rudiments de la guerre.

Plus d'une fois Karl songea à s'enfuir, mais la caverne étant ceinte de ravins terribles et une forêt profonde et infranchissable embrassant tout le cercle de l'horizon, où irait-il ? Certes, il se disait que périr en se précipitant de la falaise ou sous les crocs des loups serait moins douloureux que de souffrir la servitude chez ces monstres – c'en était bien des monstres, en fin de compte ! –, mais il craignait trop d'être aussitôt pourchassé, et, eu égard à leur parfaite connaissance des lieux, d'être trouvé avant même d'avoir rendu l'âme ou suscité l'attention des loups ; alors, la punition que lui eussent infligée les Ogres le faisait frémir d'avance. Heureusement, le soir, – esclave doublé de pestiféré, Karl travaillait, mangeait et dormait à l'écart des autres (même les quelques chiens de la tribu le flairaient avec répulsion) – il se nourrissait bien, et c'était là, se disait-il sans trop s'interroger, une récompense à ses efforts du jour. Il songeait qu'il ne mangerait certainement pas aussi bien ailleurs, et cela, en plus de toutes ces entraves invisibles, le retenait d'une certaine manière chez les Ogres. Et il demeurait sourd à une voix de l'ombre qui lui disait : « Mange ! mange, Karl ! c'est toi qu'on va bientôt manger ! »

La nuit venue, Karl retrouvait éreinté la solitude de sa sinistre chambre. Il écoutait avec déplaisir les chants des Ogres se glisser sous le rideau et parvenir jusqu'à son oreille. Traduite, cette cacophonie – odieux débagoulage, laidement rythmé, qui lui rappelait d'ailleurs singulièrement les horreurs primitives qui, enregistrées, s'écoutent sur certaines radios, là-bas, en ce monde qui était le sien autrefois (et dire que les concitoyens de Karl n'ont pas plus de sensibilité que ces ogres et eussent autant qu'eux aimé *ça* !) – cette cacophonie, en français, aurait donné quelque chose comme ceci :

...Les Dieux nous ont donné la vie
Pour ripailler tout le jour
Pour festoyer toute la nuit !

Nous sommes nés pour profiter
Des chairs de nos viandes
Et des chairs de nos femmes !

Mais n'oublions pas d'enseigner
À nos jeunes comment chasser et aimer
Afin que notre tribu prospère !

Que nous importe de mourir,
Nous savons que de l'autre coté
On festoie tout aussi bien !...

C'était là un chant millénaire – au demeurant bien arrosé – transmis d'âge en âge et de tribu en tribu, – et cette tribu en particulier, ne prospérait quant à elle bien moins qu'elle ne survivait péniblement.

Que Karl se sentait seul ! Qu'il était malheureux ! Cette situation spleenétique réveillait ses anciennes dispositions de poète, et quelques vers lui venaient qu'il gravait dans la roche :

...Je pleure mes ailes d'antan
Qui me portaient par tous les cieux ;
Je pleure ces jours glorieux
Et ma hardiesse de vingt-ans.

Je sens la vie fuir mon corps las,
Le cours du temps comme arrêté ;
Et le soleil n'a plus d'éclat,
Oh, je pleure ma liberté !...

« Peut-être, se disait-il, seront-ils lus un jour, après ma mort, quand un autre humain sera fait esclave à ma place. Alors, il verra que ses douleurs étaient les miennes, et il comprendra comme moi que ces innombrables crânes qui ornent les murs de cette chambre, étaient ceux des esclaves qui l'ont précédé... »

Cependant, un rayon luisait dans les ténèbres de ces rudes journées : c'était la fille du chef Capum, qu'on nommera Castita. Au contraire des autres ogresses qui traitaient Karl avec une méprisante autorité, Castita assistait chacune de ses tâches avec indulgence et bienveillance. C'était son âme charitable et protectrice en quelque sorte.

Une fois, alors que Karl était affairé à quelque travail fastidieux, les jeunes ogres, pleins de cruauté, le prirent pour cible : une pluie de boue s'abattit brusquement sur Karl. Se remettant de son hébétude, il comprit qu'il était victime de leurs jeux humiliants. Castita s'étant absentée, Karl essaya en vain de se plaindre auprès de la femelle qui la secondait. Mais cette ogresse n'eut pour toute réponse qu'un rire dédaigneux qui appelait les jeunes à un traitement plus sévère encore. Puis une seconde salve lui frappa si violemment le haut du corps, qu'elle lui fit perdre son équilibre et précipita Karl de tout son long dans la terre limoneuse. Au loin les rires éclatèrent. Enfin, quelqu'un intervint. C'était Castita. Karl l'entendit hurler terriblement sur les jeunes qui se dissipèrent effrayés dans la vallée. Sous l'œil perplexe de la femelle qui gardait le silence, elle aida le malheureux prisonnier à se relever, se répandant en invectives à l'endroit des jeunes. C'était comme si la lionne défendait la gazelle moribonde de la cruauté des lionceaux.

Castita apporta à Karl un récipient plein d'eau pour qu'il se nettoyât, puis alla trouver son père Capum afin que tous traitements cruels ou avilissants fussent interdits, pour qu'en somme, on rehaussât le statut de serf de l'homme. Dès ce moment, grâce à elle, Karl n'eut plus à se plaindre de tels actes.

Quoiqu'elle plût au sein du clan, les Ogres eussent pu lui reprocher sa minceur exagérée ; si elle n'était pas belle, c'est sa complexion si frêle qui, aux yeux d'un homme, lui donnait le plus d'attraits et de grâce, à quoi nous ajouterons que son visage, assez ingrat, était toutefois illuminé de la douceur et l'ingénuité d'une enfant. Au surplus, le mystère de sa virginité avait de quoi assaisonner bien des rêves impurs et brutaux qui se formaient secrètement dans les alcôves de cet antre.

D'un côté, il y avait la compassion et la pitié, de l'autre une profonde gratitude ; ainsi de ses deux rayons naquit une pure amitié qui se fût changée en tendresse sans les différences physiques et ethniques ; mais pour l'heure, ce n'était qu'une bonne âme – Karl ne doutait pas que chaque homo orcus en possédât une – qui prenait en affection le faible, et le faible qui le lui rendait ; et rien n'était plus platonique que cette relation au milieu des bêtes.

Karl et Castita eurent beau veiller à ne laisser rien transparaître qui pût trahir aux yeux des autres leur attachement mutuel, Ira, le chasseur de Karl, s'en rendit vite compte. Leur relation équivoque commença même, beaucoup, à le gêner, lui qui était le soupirant de Castita. Mais au fond, il ne s'en souciait guère, car il savait à quoi Karl était voué...

En effet sans qu'il le sût, Karl devait être mis à mort et dévoré sous peu. Ses plaies avaient cicatrisé, il s'était enhardi rapidement, ses muscles sous l'effort s'étaient développés, il avait même pris quelque embonpoint. Son teint mat et ses dents blanches signalaient sa santé. Il n'était plus l'homme malingre du début ; il était même – parlons de lui comme d'une bête – devenu *appétissant* aux yeux des Ogres. Son heure approchait donc, et il l'ignorait.

Une nuit, Karl n'arrivait pas à s'endormir. Outre qu'une voix, plus familière que l'autre, lui parlait tout bas dans son tréfonds, présageait-il sa fin ? Non, car ce n'était point l'inquiétude liée à son sort qui le tourmentait, c'était son passé. On ne l'a pas assez dit, mais depuis qu'on le suit, Karl a sur la conscience quelque chose de lourd qu'il s'efforce de refouler ; jusqu'à présent – bien qu'il ne parût jamais vraiment serein – il parvenait à laisser ce quelque chose dans un coin de son esprit, et essayait de n'y plus penser. Il y arrivait. Or, il est de ces nuits sinistres d'insomnie où, tel qu'un vaisseau fantôme, le remords ressurgit terriblement alors qu'on le croyait à jamais englouti dans l'océan paisible de l'oubli. On sait qu'on n'y doit prêter garde, mais c'est plus fort que nous : on subit les résurgences du passé, cause de souffrance. Le repentir attise ensuite la nervosité, le plus profond désarroi gagne l'âme, le crâne devient une véritable fournaise et les voix, en nous, se mettent à gronder. Il est bon à ce moment de remuer son corps et, si on le peut, d'aller baigner son esprit dans l'air frais de la nuit. Ainsi Karl se leva, passa le rideau, et discrètement s'approcha de l'extérieur de la grotte. Il jeta en passant un bref coup d'œil sur les Ogres, les compta machinalement – il y avait des fois où, ainsi, il pouvait savoir si un ogre (il en eût alors été repéré) ne faisait pas le guet – pas ce soir-là, et il sortit de la grotte.

Ayant pris ses aises, ce n'était pas la première fois qu'il s'aventurait de la sorte nuitamment hors de chez les Ogres, même si, comme nous l'avons déjà dit, il savait bien qu'il ne pouvait s'enfuir dans l'immédiat. S'il eût aimé fumer (son paquet avait dû tomber de sa poche quand Ira le traînait), Karl, qui prenait à peine conscience de la chance qu'il avait, lui, l'homme de la ville, de pouvoir jouir d'un tel cadre à l'heure présente, quoique sans éprouver de réel plaisir en voyant la voûte bleue étoilée s'étendre à l'infini devant ses yeux – il lui semblait que les étoiles, comme enchâssées elles aussi dans de l'ombre, tournaient sur lui d'autres regards fantômes – il se contenta, avec de doux frissons, d'ouvrir son âme à la sérénité de la nature. La cime des arbres tressaillait doucement sous de printaniers effluves. Des oiseaux nocturnes s'élançaient à travers l'étendue. La grande haleine de la nuit se balançait sur les sommets. À cet instant, la nature est pleine d'une ineffable majesté ; son spectacle harmonieux apaise les maux et les contrariétés du jour et invite à une plus douce introspection. La voix avait cessé, mais une nuée montrait au loin à Karl un profil qui lui était aussi familier... C'étaient là, d'ailleurs, des phénomènes auxquels il se confrontait, ces derniers temps, assez fréquemment. Qu'importe ! dans son délassement, Karl suspendait son âme entre la rêverie et la vigilance, baigné des bouffées de vapeur qu'il semblait tirer d'une pipe invisible, lorsque des gémissements convulsifs le ramenèrent soudain à la réalité. Il discerna un ogre, en qui il ne tarda pas à reconnaître Ira, qui s'était – les ogres et les ogresses dormaient ensemble, sans distinction de sexe – serpentueusement glissé jusqu'à Castita, se faisant rabrouer par elle, partiellement ensommeillée. Et Karl, en frémissant – il faisait frisquet –, regagna sa couche ni vu ni connu.

CHANT QUATRIÈME
L'OURS

La nuit suivante, celle du quinzième jour, un funeste pressentiment avait tenu éveillé Capum de longues heures. Ne pouvant guère résister à la fatigue et malgré les jappements inquiets des chiens, il s'était couché et avait laissé *à Ira*, plus jeune, le soin de veiller à sa place. Or, celui-ci, trop frivole, avait préféré chamailler une fois de plus Castita avant de très vite s'endormir, assommé qu'il était de breuvages. Alors que la caverne était pleine des lourds ronflements de son soupirant et que les dernières flammes du feu expiraient dans la cendre, Castita, justement, vint en silence trouver l'homme captif dans sa prison sépulcrale. Lui-même ne dormait pas, évoquant de lointains souvenirs avec une douce amertume. Il songeait à Jésus-Christ et se prenait à croire que ce qu'il vivait en ce moment, c'était un peu comme sa Passion à lui... À cet instant, il vit la silhouette se dessiner dans l'ombre ; il se dressa sur son séant, si hagard de trouver Castita en ce lieu à pareille heure qu'il soupçonna d'abord une hallucination : et si c'était l'ombre de Marie-Madeleine ?... Mais quand il sentit que cette ombre le secouait, il ne put plus douter de sa matérialité, ni, l'ayant reconnue, de son identité. Castita devait avoir une chose très importante à lui dire pour oser braver les interdictions de Capum et pour venir, comme cela, dans la prison de l'homme – qui était déjà un peu comme son tombeau : mais, non, le sépulcre n'était pas vide ; et, dévouée à Karl, oui, Castita entendait bien œuvrer à son réveil et en être le premier témoin. Elle porta sa bouche à l'oreille de

Karl, et, sans même qu'il ne fût dégoûté par son haleine putride – l'anthropophagie étant naturellement dans le régime alimentaire de cette ogresse, il n'était pas impossible qu'elle eût en ce moment des lambeaux de chair humaine entre ses ratounes de jeune animal –, il se rendit attentif aux confuses paroles qu'elle lui chuchotait avec un grave empressement. Comme il ne comprenait rien à ce flot de vocables, elle se lança dans une pantomime bien plus évocatrice. L'homme saisit alors, peu surpris, qu'on le nourrissait dans le but de l'engraisser *pour enfin le manger*. Elle avait entendu Ira s'exclamer au milieu de ses rires qu'il se ferait un plaisir, le moment venu, de *le* tuer puis de *le* découper. Et le moment venu, c'était dès l'aube prochaine. Elle n'avait pas pu l'alerter plus tôt ; ils étaient tous deux constamment surveillés par une ogresse. Pleine d'un zèle touchant, elle enjoignit Karl à partir aussitôt. Mais, scrupuleux à l'idée de s'enfuir, car manquant de courage pour affronter l'inconnu, il essaya de lui faire comprendre qu'ici ou ailleurs il était trop ennuyé de la vie ; qu'il attendait avec impatience la mort, et que, craignant de mourir de fatigue, ce qui eût été bien plus douloureux, il apprenait avec soulagement et stoïcisme qu'on voulait le tuer, pour le manger ensuite, cela lui importait peu au fond : il y en a bien qui laissent leur corps à la science ! Karl, lui, le laisserait aux estomacs ogresques, voilà tout. Mais Castita ne voulut rien entendre ; elle le saisit par la main, et le tira de toutes ses forces hors de la chambre sépulcrale. Ses yeux croisèrent l'éclair des siens, embrumés de larmes, et il comprit, déconcerté, qu'elle voulait fuir avec lui. « Qu'est-ce qui te prend ? » murmura Karl, hébété de voir une ogresse capable de fredaine amoureuse et nourrissant, auprès de lui, les rêves impossibles que bien des Pocahontas nourrirent auprès de leur John Smith. Pour fuir, l'instant était pourtant propice : les étoiles, allumées comme des flambeaux, éclairaient les ténèbres. Bien que réfractaire, en même temps que soumis à ses désirs, il se laissa emporter dans cet élan de folie sans se rendre compte de la gravité de ce qu'ils faisaient, et des risques que Castita encourait pour lui et qu'il encourait lui-même ; mais ils glissaient pourtant, main dans la main, le long des murs, comme deux ombres, comme deux papillons au milieu des épines et des ronces. Oh, Karl entrevoyait la liberté, elle était là, si près, elle lui ouvrait les bras, elle était à trois pas, il la sentait dans le parfum de la forêt que la brise leur apportait... Mais soudain, une impérieuse silhouette se dressa devant eux. « Malheur ! nous avons été surpris dans notre fuite par Ira ou Capum ! », pensèrent les deux candidats à l'évasion... lorsqu'un grondement animal, terrible comme le tonnerre, ébranla toute la caverne. S'arrêtant net, Karl et Castita se précipitèrent pleins d'effroi au sol, cependant qu'autour d'eux une folie terrible s'emparait de chacun. Un ours affamé venait de pénétrer la caverne. Et pas n'importe quel ours : un ours de la race de l'*Arctotherium angustidens*, que l'on croit éteinte à tort. Des hurlements répondirent aux grondements, du sang éclaboussa tous les murs, des corps se heurtèrent, des chairs se déchirèrent... Puis tout cessa enfin aux premières lueurs de l'aube. L'ours était parti avec la nuit, et le jour dévoila aux survivants l'innommable carnage : trois jeunes et deux ogresses avaient péri, et l'on pataugeait dans leurs viscères. Des corps avaient disparu, emportés dans la gueule du monstre. Les monstres, en somme, avaient trouvé plus monstrueux qu'eux. Bien qu'habitués au sang, aux carcasses, aux sacrifices, une expression de dégoût défigurait le visage médusé des Ogres. Capum n'avait, lui, aucune tristesse. En dépit du réconfort de Fidelis, il n'avait que de la colère. Il avait senti l'ours, il se sentait fautif, et il en voulait terriblement à Ira *qui n'avait pas* respecté son ordre.

Heureusement, sa fille n'avait que quelques égratignures, comme Karl. Leur tentative de fuite était passée inaperçue, et leur proximité dans la cohue n'avait éveillé aucun soupçon. Au contraire, Capum pensait que l'homme avait sauvé sa fille (sans même avoir besoin qu'elle ne l'en persuadât, trop innocente, de toute manière, pour jouer la comédie ou feindre quoi que ce soit), et il lui en savait infiniment gré. Dans une autre conjecture, sa survie au détriment des membres de la tribu morts eût été blâmée, mais là, apparaissant comme le sauveur de la fille du chef, chacun avait pour lui une expression de profonde gratitude – hormis Ira.

Il fut décidé par Capum qu'une escouade irait venger les morts, et que la carcasse de l'ours serait rapportée avant le coucher du soleil. Congédiant Ira qui avait manqué à son devoir, et par reconnaissance, le chef invita Karl à le remplacer et à se joindre ainsi à leur expédition.

Tous semblaient avoir oublié qu'il devait être mis à mort le matin même. Tous, sauf Ira.

Aucun mot ne pourrait traduire les sentiments qui grondaient dans son sein, et que Karl lisait dans le regard plein de haine qu'il portait sur lui. Ira le voyait lentement prendre de l'importance, lui qui n'était, il y a quelques heures, qu'un pauvre esclave qu'on engraissait pour être mis à mort, qui n'était hier que sa proie, il était devenu un proche de sa Castita, et il devenait maintenant l'ami de Capum. À tout moment, Ira aurait pu le tuer, il le souhaitait de toutes ses tripes, mais il craignait que Capum ne le bannît de la tribu par sanction, et qu'il perdît ainsi la main de sa promise (pour parler comme chez les hommes) ; il réprimait donc en ce moment sa colère si crainte, par amour pour Castita.

Alors que Mutus, Senilis et Ira – à sa grande colère – garderaient la caverne auprès des plus faibles, l'expédition partit par un ciel si funèbrement couvert, que, de bon matin, le jour semblait déjà décroître. Il y avait en tête Capum, Fidelis le secondait, suivi de Grossus, de Naris, et de Karl enfin qui fermait le pas. Tous étaient redoutablement armés. Chacun des Ogres portait une puissante sagaie, leurs ceintures étaient chargées d'un poignard à lame de silex, et d'une hache en bois. Ils avaient revêtu les plus épaisses peaux afin d'affronter le grand froid des hauteurs enneigées. Car l'ours était venu des hauteurs.

Suivant avec attention les vagues empreintes de pattes, les débris humains et les trainées de sang que la bête avait laissés derrière elle, le groupe gravit les pentes escarpées de la montagne, au milieu des bourrasques d'un vent glacial. L'expédition effarouchait tous les plus terribles hôtes de la montagne – un grand aigle royal prit majestueusement son envol à cet instant –, et nul doute que l'ours lui-même, s'il les avait sentis arriver, aurait redouté l'obstination vengeresse de ceux qui la composaient. On trouva bientôt sur le chemin deux des corps qui avaient disparus. Les hommes-ogres ayant pour coutume de précipiter leurs morts dans l'abîme, ils s'exécutèrent avec solennité. Ils profitèrent de cette pause pour se restaurer à la hâte. La sensibilité de Karl s'était lentement évanouie, et, à la rude vie des Ogres, il se sentait inexorablement devenir l'un des leurs. Quand il n'y eut plus aucune trace à suivre, Capum s'en remit à l'odorat expert de Naris qui prit la tête de la troupe. Côtoyant l'abîme, ils poursuivirent des heures durant, inlassablement la traque. Enfin, sous les feux d'un soleil au zénith, ils arrivèrent devant ce qui leur apparut comme la tanière de l'ours. Ils approchèrent silencieusement ; un cercle de sagaies se fit autour du sombre repaire, et Grossus, chargé d'un quartier de roche, osa se hisser au-dessus de la caverne. Rien ne paraissait y remuer, rien ne paraissait y souffler, rien ne paraissait y vivre. Ils attendirent ainsi de longues secondes. Puisque l'ours ne venait point à eux, ils allaient le faire sortir. Capum fit enflammer une ramée, et Fidelis la lança dans les ténèbres de la taverne qui se colora des teintes du feu. Un grognement se fit entendre à cet instant. Le cercle de sagaies se resserra. L'ours surgit hagard au milieu de la fumée. Comme des pièces de métal sur un aimant, tous les pieux se portèrent aussitôt sur lui, le transperçant frénétiquement de dizaines de coups, et le quartier de roche s'abattit sur lui avec un lourd fracas. Dans un sourd geignement la bête sanglante expira et les hommes-ogres, tous ensemble, exultèrent, saisis d'une ivresse bestiale. Tandis que tous célébraient déjà la victoire, Karl, avec une mine grave et perplexe, considérait la carcasse. Elle lui semblait en effet *bien moins* volumineuse que le monstre terrible qu'il avait été le seul à entrapercevoir la nuit passée, et son cri lui avait paru *bien moins* puissant. En vérité, ce n'était là point l'ours qu'ils étaient venus tuer, c'était seulement son petit, et lorsque Karl voulut en avertir Capum, un grondement furieux éclata. Dans la même seconde, la silhouette gigantesque – deux fois au moins celle d'un ours brun – de la bête traquée surgit des ténèbres ardentes, et s'élança, farouche, de toute sa masse sur les Ogres que la terreur inexprimable qu'amène la surprise, laissait sans réaction. Mais au moment où sa patte énorme et menaçante allait les écraser, où sa gueule béante allait se refermer sur l'un d'eux, le monstre s'effondra brutalement, foudroyé par la sagaie tombée des cieux d'un Archange... Non ! à la surprise générale, ce n'était que la sagaie de Karl qui venait de frapper la bête, ce n'était que lui qui venait de terrasser le monstre. *C'est fini*, pensa-t-il, au milieu des ferventes clameurs que poussaient en concert ses compagnons sauvés, *la bête est morte. L'homme a vaincu.* Parfois, le sort offre à des minables des occasions obscures, car inimaginables, de se croire de la grandeur, et souvent, aussi, le sort ménage des renversements de situation avec la plus grande iniquité : ici, il y avait quelque chose de sinistre et d'atroce qu'ainsi Karl pût tuer la bête à laquelle il devait d'être encore en vie – elle avait certes empêché son évasion avec Castita, et d'une certaine façon les avait séparés à jamais l'un de l'autre, mais rien n'était scandaleux comme ce triomphe et sévère comme cette mise à mort, quand bien même la bête s'était aussi rendue coupable d'un massacre : elle n'avait fait que suivre son instinct. Karl, ayant aussi suivi son instinct, montrait de la sorte qu'il était capable de violence et il n'est pas dit qu'auparavant, il n'en fît pas déjà preuve...

Capum leva sa main et les clameurs cessèrent. Il s'approcha gravement de Karl, et cependant qu'autour d'eux chacun courbait le front, il le considéra avec une fixité empreinte de respect et de reconnaissance. Il ôta l'un de ses colliers de griffes, et le lui passa autour du cou en prononçant des paroles mystérieuses. Puis il donna à Karl son poignard à manche d'ivoire, arme des plus symboliques qui, plongée dans un cours d'eau, tranche une boule de laine – cette arme, la sienne maintenant. Il est des groupes humains où pour être reconnu comme adulte, le jeune doit affronter et tuer l'ours. C'est là un rite initiatique. La tribu des hommes-ogres était de ceux-là. Qu'importe que Karl ne fût *à l'origine* qu'un esclave qu'on engraissait pour manger, qu'importe que son sang ne fût le leur, et qu'il appartînt à l'espèce humaine, il s'était aguerri sous leur aile, et ayant tué l'ours, il devenait l'un d'entre eux. Ou presque.

Avant qu'un autre ours ne surgît, à la hâte fut dépecé l'animal, puis, chacun chargé d'une partie de la carcasse et de sa fourrure, le groupe s'en retourna vers la grotte. À leur retour, un grand festin en l'honneur de Karl serait donné et l'homme avait dans le cœur déjà comme des pulsations surhumaines.

Tous goûtaient à peine au répit qu'une inquiétante fumée qui s'élevait à l'horizon appela leur attention. Quelque chose brûlait dans la forêt. Capum voulut aussitôt savoir ce que c'était. Le groupe se scinda aux abords de la caverne. Fidelis et Grossus s'en retournèrent avec l'ours dépecé, Capum, Naris et Karl – qui les en eût volontiers dissuadés, ayant un noir pressentiment – s'enfoncèrent dans la forêt (ils avaient encore au moins une heure de marche devant eux), vers ce qui leur semblait un bûcher. Et Naris à la vue perçante, ne s'était pas trompé.

Le feu achevait de dévorer une carcasse infâme dont la frêle silhouette montrait qu'il s'agissait d'un être humain ou d'un satyre. De vives et chaudes clartés doraient les fronts tout entiers absorbés dans ce hideux spectacle. Le bûcher exhalait une étrange et empoisonneuse odeur qui parla aussitôt à Karl. C'était cette odeur de rose calcinée et de soufre que nous avons déjà mentionnée. Karl comprit bientôt qu'on faisait brûler la sorcière Mizaserug, dont l'âme en combustion et effeuillant les pétales maléfiques de ses chairs immatérielles, si bizarrement, odorait de la sorte. Au même instant quelqu'un appela le groupe. Les yeux se portèrent sur la voix inconnue et les Ogres eurent vite fait d'empoigner leurs lames. Une créature éthérée leur apparut alors, et d'un pas foulant à peine la terre, s'approcha lentement d'eux. Nonobstant son apparente délicatesse, et quoiqu'elle n'eût point d'arme sur elle, elle suscitait chez les compagnons de Karl la plus forte des méfiances ; son regard, plein de malveillance et de dureté, les intimidait plus que s'il avait été celui d'un colosse ; parfois les myrmidons épouvantent les géants, de surcroît si cette dureté se trouve dans un regard d'ordinaire clément. « Qui donc est-elle, et que nous veut-elle ?», se demandait Karl, jusqu'à ce que la créature se fût suffisamment approchée pour qu'il reconnût en elle, l'un des messagers d'Alioth, le Roi Sylvain. Le poids d'une ancienne culpabilité retomba sur Karl qui en eut soudain les épaules brisées, et la méfiance du premier abord se transforma en une indicible crainte. Le

Sylvain, après avoir toisé toute la famille homo orcus, pointa son doigt sur Karl, et avec un ton terrible, lança plusieurs mots dans le dialecte des Ogres. Il réclamait Karl. Mais Capum s'interposa furieusement entre le Sylvain et Karl, comme pour l'en protéger, et il rugit si fort que les yeux du Sylvain s'injectèrent de terreur. Se remettant de sa stupeur, ce dernier rétorqua quelque chose d'étrangement guttural, comme des imprécations presque inarticulées. Capum lui porta subitement son poignard à la gorge. Menacé, le Sylvain fit un pas en arrière. Un sourire narquois lui entrouvrit les lèvres ; il montra à Capum les arbres ; des dizaines d'archers sylvains y étaient postés, et dirigeaient leurs flèches sur les Ogres. Capum baissa avec résignation son arme. Le Sylvain haussa soudain le ton comminatoire de sa voix, et répéta distinctement les paroles qu'il avait marmonnées ; et il dit quelque chose dans son dialecte que tout le monde entendit ainsi : « Nous autres Sylvains de la Forêt, nous vous déclarons la guerre, Ogres de la Montagne ! Vous serez tous morts demain ! » Karl sentit à cet instant ses compagnons frémir, et il vit une pâleur morbide s'étendre sur leur visage crispé, une pâleur à laquelle leur brune carnation demeure habituellement étrangère. Enfin, avec ce même sourire effroyable, le Sylvain leur fit signe de s'en aller – ordre auquel ils se conformèrent sans broncher.

CHANT CINQUIÈME
L'INSCRIPTION

Une atmosphère de mort flottait sur la tribu, mais étonnamment, les Ogres, qui, préparés depuis longtemps à la guerre, redoutaient tacitement la catastrophe, se sentaient bien parmi ces émanations douloureuses et morbifiques, si différentes de celles dont, aux heures de sacrifice et de dévoration, se chargeait la caverne : c'est que les Ogres voyaient s'entrouvrir la porte de l'ombre sur l'au-delà où sont les mânes de leurs aînés et ils en escomptaient du secours le moment venu.

Premier spectateur de la trouble agitation qui régnait parmi ses hôtes et qui l'émouvait beaucoup, Karl, sans s'y attendre, fut porté le soir-même au premier plan : car, c'était le vœu de Capum sous l'égide duquel se fit cette initiation, les Ogres, au cours de leur festin qu'ils donnèrent à la veille de la bataille, procédèrent à un rituel qui, non seulement acheva de faire de Karl l'un des leurs, mais le rendit *pleinement* homo orcus comme eux, de telle sorte qu'il eût ensuite à assumer un rôle plus important au sein de la tribu, son nouveau statut le rendant *l'égal* des autres ogres.

On sacrifia un bélier et deux coqs, dont Karl, nu dans une cuve et tout frissonnant, fut aspergé du sang écumant.

Cela s'accompagna de danses rituelles, d'éclats de voix et de mains frappées, scandant les rythmes ; et cette démonstration incantatoire rappelait les plus ancestrales qui eurent cours dans la préhistoire humaine. Les langues de feu crépitantes claquaient et projetaient sur les murs des ombres énormes qui ondoyaient au milieu de noires fumées ; et, avant de s'évanouir en elles, parfois, des visages démoniaques apparaissaient dans le brasier funeste.

Karl, qui avait un fond poltron, en entrant dans une sorte de transe, ainsi que ses partenaires, se prenait à croire que le sang de ces bêtes, avec la magie du sacré, lui passerait dans les veines et lui communiquerait de la fougue ; et quand le moment viendrait de croquer, une fois cuit, le cœur de l'ours qu'on lui réservait, sans doute, son cœur à lui, qui battait à grands coups, en deviendrait plus solide et en serait renforcé ! Sans aucun doute, Karl s'en trouverait *métamorphosé !* mais loin de penser, comme les autres, qu'il serait après cela à tout jamais lié aux Ogres, Karl espérait mettre cet élan de fougue au service de sa lâcheté – tant celle-ci continuait à le dominer – puisqu'il n'avait qu'à dessein, dans son for intérieur, d'abandonner ceux qui pourtant, à commencer par Capum, l'unissaient à leur vie, à leur destinée. En d'autres termes, Karl comptait prendre son essor et enfin s'envoler bien loin de ceux à qui justement *il devait* de s'être senti poussé des ailes dans le dos.

Pendant ce temps, Ira était sans doute le plus clairvoyant au sujet de Karl, sa haine, en l'occurrence, ne l'aveuglant point mais lui faisant voir clair : il gardait, comme on le sait, une rancune profonde, mortelle envers *cet* humain qui n'était rien d'autre que *son* prisonnier à l'origine et dont il avait vécu comme une injure à sa personne l'essor de celui-ci au sein du clan, de surcroît parce que cet essor s'était fait au détriment de lui, proportionnellement de moins en moins en odeur de sainteté auprès de Capum et des autres. Que voulait dire tout cela ? où était le respect dévolu aux ancêtres ? Il lui semblait qu'on foulait au pied les principes hérités d'eux et qui firent l'harmonie du clan au milieu de la tempête du monde. Comment ! lui, Ira, fils du vénérable Phreneticus (duquel il avait hérité sa rage atavique), il était congédié, comme cela, pour aller tuer l'ours ; sous ses yeux, celui sur qui il aurait dû avoir droit de vie et de mort, cet humain, devenait son égal et demain, que se passerait-il ? Castita, sa promise à lui, Ira, serait offerte à ce Karl ? Jusque-là l'outrage serait-il poussé ?... Mais non, demain la bataille aurait lieu, c'est ce que le Sort avait décrété afin que l'ordre fût rétabli ensuite. Ainsi, la haine couvait-elle dans le sein d'Ira. Ses yeux ignescents étincelaient dans l'ombre ; il sentait tout son sang se calciner en lui... ; mais il se contenait : l'heure n'était pas venue, encore, de tuer ce trublion humain ; sa sentence était arrêtée, mais le couperet tomberait plus tard... demain. En attendant, écœuré par cette scène de délire sacrilège où les Ogres s'avilissaient, se prostituaient en honorant un homme – leur ennemi héréditaire, au demeurant ! – un homme à qui ils faisaient du pied si bassement, lui ouvrant maintenant le rideau de leur tabernacle et bientôt la couche de l'une de leurs filles ! quand il jugea en avoir trop vu, trop entendu, Ira, avant de s'éclipser, en rupture de ban, le dégoût et la rage lui relevant dans un sourire hideux les commissures de ses lèvres, traça une énigmatique inscription sur le mur.

Car, oui, pour Ira, Karl, en effet, n'était qu'un lâche : de même que Karl avait pu mesurer, en se faisant ligoter, toute la force d'Ira, Ira, avait pu juger, lui, toute la couardise de sa proie. Et ses dents en grinçaient que tous, à commencer par Capum, fussent à ce point leurrés.

Cela ne pouvait *pas* durer : Ira, des plus belliqueux, se félicitait donc de la perspective de cette bataille contre les Sylvains et – Mutus (qui oublia pour cette fois de se taire), mis dans le secret, le lui avait appris – qu'elle eût pour cause la personne de Karl lui-même, au lieu de l'inciter, comme on aurait pu le croire, à pacifier son clan et à tenter de convaincre Capum – imperturbable de toute façon dans sa résolution – qu'il fallait livrer ce Karl plutôt que d'entraîner tout le monde à la boucherie, cela ne faisait qu'attiser son appétit pour le carnage ; Ira y voyait un signe divin : tout le clan des Ogres *devait* être immolé pour s'être abaissé ainsi au contact d'un homme et, comble de malheur ! pour avoir érigé cet homme en héros, ce qui avait tellement outragé leurs mânes et leurs dieux, que cet outrage devait se voir lavé incontinent dans le sang.

Ira affutait ses armes : il lui fallait désormais le recueillement de l'ombre et de la solitude pour mieux parvenir à ses fins et c'est pourquoi, quand on le chercha du regard on trouva vide sa place habituelle. Senilis l'Ancien, qui, dernier survivant d'une illustre fratrie, était le frère cadet de Phreneticus, et ainsi – pour parler comme chez les hommes – l'oncle paternel d'Ira, avait senti le trouble de son neveu et c'est à lui, Senilis, que Capum demanda le sens de cette inscription, s'épouvantant de chacun des idéogrammes qui la composaient et dont il n'avait pas vu la main qui les avait tracés avec la flamme, en traits de feu. Alors Senilis, connaissant mieux que quiconque les arcanes de l'art rupestre, sans dire à Capum que Ira en était l'auteur de peur qu'on ne criât plus encore haro sur son neveu, lui en dévoila tout de même le sens véritable. Sans que ne le sût Capum, Ira, qui n'était pas que la brute qu'on croit mais qui, plutôt électron libre, avait, au cours de ses séances de chasse dans les contrées voisines, glané maint savoir au contact des étrangers (qu'il eût ou non à dessein d'asservir ceux-ci ou de manger ceux-là), de sorte qu'il maîtrisait, c'était son talent caché, plusieurs proto-écriture en vigueur dans d'autres clans. Et Senilis déchiffra l'inscription de cette façon à Capum qui ne cachait pas qu'il bouillonnait d'angoisse et d'impatience :

« *Ta prédominance est comptée*, dit le premier idéogramme.

Tu as été pesé et jugé fautif, dit le deuxième idéogramme.

La tribu va être anéantie et dispersée aux quatre vents, dit le troisième et dernier idéogramme. »

Senilis lut tout cela impassiblement à Capum, comme un sorcier qui vous dévoile votre avenir par le biais de telle ou telle divination, et, comme Daniel, sans redouter d'en être châtié ; car Capum prit, comme on le devine, en mauvaise part cette prophétie et en conçut aussitôt de la bile noire : « Quelle main a inscrit cela ? » demanda-t-il à Senilis dans son dialecte, blême et à demi enragé... Autour d'eux, les masques de l'orgie fondirent ; tout s'était brusquement enfunébré, car si personne ne pouvait déchiffrer l'inscription, tous en revanche avaient entendu, sinon la prophétie de Senilis, du moins l'exclamation de Capum ; la gravité de l'instant faisait peser à présent un silence terrible sous les voûtes de la grotte.

Alors Senilis, en guise de réponse, parla et voici ce que les Ogres comprirent : « Quelle main a tracé ces signes n'est pas le plus important ; ce qui l'est, c'est de savoir *qui* a guidé cette main ; et cela, je puis le dire ; c'est le Dieu des orages. » Un frisson glaça toutes les échines à cette parole ; il y eut un soupir général ; en sanglots fondirent les mères qui avaient déjà le deuil d'un enfant sur la conscience au lendemain de l'attaque de l'ours et à la veille de la bataille qui leur enlèverait probablement leurs mâles ; Capum, lui, en tremblait presque.

Cependant, tout impur du sang dont il ruisselait et qui commençait à lui engluer la peau, Karl, sur qui ne convergeaient plus les regards (même Castita, après avoir beaucoup pleuré en secret, avait détourné depuis longtemps ses yeux de lui), songeait ; il pouvait facilement prendre le pouls de la tribu dont l'angoisse et la tension étaient plus que jamais palpables. Mais il faisait cela presque *sans* empathie et en se rendant mal compte de sa capitale implication dans ce qui se préparait.

Demain, c'était la bataille, inéluctablement, Capum l'avait décidé – il n'y reviendrait pas et quand bien même, ce serait *trop tard* – dût-il engager la survie de son clan, pour l'amour de Karl.

CHANT SIXIÈME
LA BATAILLE

Répandant ses rayons ambrés dans les frondaisons noires des conifères et dans la caverne qui empuantissait encore du festin de la veille, le pâle crépuscule perçait à peine à l'horizon que déjà Karl et ses compagnons se tenaient prêts à partir se battre. Les adieux furent pénibles et jamais la vallée ne fut plus retentissante de l'écho des plaintes que poussaient les femelles, abandonnées de la sorte et qui n'avaient que la consolation de garder auprès d'elles leur progéniture, avec le devoir de perpétuer l'espèce des Ogres, les fils devant survivre à ceux qui partaient peut-être sans retour.

Pour n'importe quel observateur, la douleur qui s'était emparée du clan tranchait avec l'enthousiasme de la veille, au moment du festin, où l'on eût cru qu'ils célébraient déjà la victoire ; et Karl, impassible quant à lui, songeait que l'optimisme des Ogres s'effondrait, sans savoir que le festin de la veille marquait, en réalité, dans la communion et l'ivresse, l'appréhension la plus alarmante du désastre.

Portant sur eux toutes sortes de peintures guerrières (ouvrage des ogresses qui voulaient, par-dessus tous les autres symboles, que, si les pères de leurs enfants devaient mourir, ils mourussent *beaux* et éclatants de couleurs), ainsi que lourdement armés de haches, de sagaies, de massues et de harpons, les Ogres partirent. Dans la brume du matin qui les escortait, semblaient se modeler les silhouettes fantomales de leurs aïeux.

Karl marchait en tête, aux côtés de Capum ; pour ne pas que sa marche fût pesante, l'homme n'était, lui, qu'armé légèrement. Si Karl n'avait pas été là, c'est Ira qui eût occupé cette place ; et Capum, en son for intérieur, ne pouvait que, en dépit de tous les griefs qu'il avait contre Ira – source de regrets –, se sentir perdant au change : eût-il la ruse d'Ulysse, un homme ne remplace pas aisément un ogre herculéen comme Ira ! – et maintenant que l'heure de la bataille avait sonné, cette vérité serrait le cœur de Capum, tout empli cependant d'affection à l'égard de l'ancien captif.

Ira n'était donc pas des siens. Quelle perte ! Il avait quitté hier le festin et n'était pas reparu depuis. Nous en saurons bientôt plus à son propos.

Le combat aurait lieu sur la plaine à quelques portées de javelot du bûcher de la sorcière où s'étaient amorcées les hostilités entre Capum et le Sylvain. Avant d'y aborder, la horde de Karl devait opérer une jonction avec deux autres groupes d'ogres qui, en raison de tels ou tels intérêts, s'alliaient à Capum contre les Sylvains. Les Sylvains, eux, compteraient sur l'appui des Gnomes qui avaient prêté allégeance à Alioth.

Le groupe progressait, tous si absorbés par ce qui les attendait, que personne ne se retourna quand retentit un long cri inconnu qui tombait de la montagne, plus strident que le son d'un cor de chasse.

Si Karl, quant à lui, avait l'esprit absorbé par l'imminence de la bataille, c'était moins par la façon dont il s'y composerait un rôle de guerrier que par la ruse qu'il lui faudrait déployer tout de suite pour se dérober in extremis, sans risquer sa peau. Ah, si Capum savait à quel point le cœur et les tripes manquaient à celui qu'il portait aux nues ! au détriment d'un vrai combattant... Ah, s'il savait combien, lui-même, il fut trompé et combien il en allait payer le prix fort, peut-être alors, renonçant à son polythéisme – mais Karl ne l'y eût point aidé –, se serait-il écrié : – *Se Diex m'aït !* (Que Dieu m'assiste !) – comme les chevaliers désespérés des cycles médiévaux.

Tandis qu'on approchait du cœur de la forêt, un étroit sentier s'ouvrit sur la gauche des Ogres et Karl, prétextant quelque chose que personne ne comprit, emprunta le sentier, s'isola du groupe et s'en éloigna, courant ventre à terre sur plus de cinquante mètres – il avait enfin saisi l'occasion de s'enfuir ! – avant de trouver, à bout de souffle, dans une sorte d'excavation, une cache inespérée. Puis Karl se tut, fit sa respiration le moins audible possible et attendit, le cœur tambourinant. Soudain, il entendit de lointains appels : la horde s'était aperçue de sa disparition – Karl distinguait en particulier la voix de Capum qui l'appelait avec des accents à mesure plus inquiets et désolés. Cependant, se fiant aux traces laissées par Karl dans sa fuite, Capum, secondé par Naris qui flairait l'ancien prisonnier, se rapprochait du fuyard en l'appelant toujours.

Capum avait laissé le groupe : que ne ferait-il pas pour Karl, cet ancien esclave ! car cela reçut la désapprobation de tous : comment ! par une heure si grave, cela frôlait la désertion ! et c'était là, de la part du chef, une inconduite qui pouvait être préjudiciable à tous ! – Malgré le scandale qu'il suscitait et qui montait dans son dos, Capum, inexorablement, se rapprochait du trou où nous avons laissé Karl ; ce dernier, qui le sentait tout près, s'obstinait à garder un silence absolu et il s'était carrément enduit de boue pour échapper à l'odorat expert de Naris ; Capum, n'ayant pas remarqué le trou, allait s'en retourner avec dépit, lorsque Karl, sous les coups de boutoir de quelque sanglier dont il avait dérangé le repos, fut éjecté de sa cache et vint lamentablement à rouler jusqu'aux pieds de Capum qui laissa exploser son soulagement.

L'ayant pris sur son épaule et ramené au sein du groupe, Capum, durant plusieurs minutes, admonesta

Karl – lui montrant que sa naïveté a des limites – tandis que les autres membres de la horde ne déguisaient plus leur humeur noire et hargneuse que les circonstances assombrissaient encore. Puis la horde se remit en marche.

Karl, renouant avec les mauvais états d'âmes, ceux de son arrivée au sein du clan, à nouveau se sentant mal à l'aise – c'est peu dire – aux côtés de ces Ogres qui l'acceptèrent pourtant comme l'un des leurs, n'était pour autant pas au bout de ses surprises : quand il comprit douloureusement ses velléités de fuite et parce que la plaine n'était plus très loin, Capum lia le mollet de Karl au sien au moyen d'une puissante chaîne (forgée par les ogres eux-mêmes), annulant de la sorte chez l'ancien prisonnier – qui en redevenait un – tout espoir de se changer en courant d'air. Ainsi, dans la bataille, quand bien même l'ennemi des Ogres se nommerait Nature et qu'ils eussent à affronter, comme ses combattants, les vagues les plus ravageuses et les tornades les plus impétueuses, alors que tout serait brouillé, brisé, rompu et séparé, par la force des maillons, jusqu'au bout Karl et Capum demeureraient liés l'un à l'autre !

Maintenant que la mort si nettement se précisait devant lui, avec, pour seule alternative, la servitude, qui était une autre sorte de mort – à laquelle Karl n'avait déjà que trop goûté –, *la mort* si les Ogres perdaient la bataille, *la servitude* s'ils la gagnaient, la mort parce que le Fatum ne le jugerait pas digne de survivre aux Ogres, la servitude parce que Capum, en manière aussi de sanction (à condition toutefois qu'ayant pitié de lui, il revînt sur sa première décision de l'égorger), ne le jugerait pas digne d'être affranchi, eh bien, tous les espoirs de Karl faisaient banqueroute ; et le front lourd, le regard bas, en gémissant doucement, avec des larmes inavouables, sans se demander si Capum faisait ceci *par amour* – quoiqu'en vrai Capum répondît à une injonction intérieure, voisine de l'instinct et sourde aux calculs et aux sentiments – ou *par châtiment*, le châtiment et l'amour peut-être voisinant, Karl se laissa enchaîner. Et la marche reprit. Bientôt la jonction serait opérée ; bientôt le combat commencerait.

Pendant ce temps, que faisait Ira ? Peu après le départ des Ogres, il était revenu dans la caverne ; s'il entendait être de la bataille, il ne revenait pas simplement pour s'armer, ni pour saluer son oncle, trop vieux pour guerroyer et qu'il ne reverrait peut-être pas dans le monde des vivants ; non, un plus noir dessein le guidait. Naturellement de male rage, la perspective de la guerre le rendait d'avance encore plus agressif et violent et lui faisait déjà le sang bouillonnant, en prélude au carnage, car voici quel était son dessein criminel : Ira entendait *faire céder* Castita, et s'il le fallait, elle serait sa première victime de la journée et lui, son premier et dernier victimaire ! Personne n'y opposerait aucune résistance : il ne craignait plus le père de Castita, Capum, parti au combat et, bien plus fort, dans son hubris, il bravait maintenant tout le reste du clan. Quand il jugea le moment opportun, Ira violenta si bien Castita pour la posséder que, fragile, elle mourut – Castita, l'hostie prédestinée ! – sous sa frénétique étreinte ; et cela se passa sous les yeux horrifiés de Senilis, de quelques jeunes, tous impuissants, et de la mère de Castita qui poussa en regardant mourir sa fille le cri que les Ogres entendirent sans se retourner. Après cela, pourchassé par la malédiction de la mère devenue folle, Ira, créature délaissée de ses dieux, s'enfonça à la suite des Ogres dans la forêt.

Comme un roulement de tambour avant l'affrontement, dans les rangs de Capum les cœurs battaient à tout rompre mais seuls les yeux de l'homme s'emplissaient pour l'instant des brumes de l'angoisse lorsque l'adversaire se montra.

La plaine se préparait à voir périr les monstres ; car rien n'est plus monstrueux que des hommes-ogres redevenus sauvages et que cette chose contre-nature : des Sylvains assoiffés de sang comme l'étaient à ce moment les soldats d'Alioth. Mais sur l'ordre de ce dernier, ce furent d'abord les Gnomes qui fondirent en hurlant à bride abattue sur leurs ogresques adversaires.

Le choc fut rude mais ce fut un hors-d'œuvre pour les Ogres qui en triomphèrent rapidement. Les cris avaient cessé ; les Gnomes gisaient pourfendus, démembrés, éviscérés dans la boue et le sang. Et les Ogres se dressaient fièrement, épongeant leurs fronts et leurs torses dégoulinants de sueur et du sang ennemi.

Ils se remirent à la hâte en position et c'est alors qu'une pluie de flèches s'abattit sur eux, visiblement vulnérantes, mais point mortelles.

Leurs yeux s'emplirent pour la première fois de terreur à l'assaut des Sylvains et il fallait bien que ces derniers fussent terrifiants car les Ogres eussent été enclins à défier des titans !

Et ce fut le chaos. Le combat terrible commença vraiment. Rude mêlée ! fracas titanesque ! les corps se heurtaient, s'entre-déchiraient ; les cuirasses résonnaient sous les chocs des armes ; les membres volaient ; le sang, comme les embruns de flots déchaînés, éclaboussait et, comme les eaux du Déluge, ravinait la terre déjà rouge et humide comme les berges d'un fleuve des enfers.

On luttait férocement. Les haleines étaient brûlantes. Tout devenait épique, tous se faisaient barbares. Les Esprits de la bataille – et l'âme maudite de la sorcière Mizaserug qui s'était sûrement jointe à eux – comme d'affreux rapaces, devaient planer au-dessus de la mêlée et, les excitant au massacre, poussaient les combattants vers l'avant.

Maintenant que la menace des Gnomes était anéantie, quelles étaient les forces en présence ? De par l'alliance avec les tribus voisines, trente Ogres étaient là, luttant, et ils avaient contre eux des Sylvains au moins vingt fois plus nombreux, bien que ce déséquilibre fût, sans être atténué, compensé, en ceci qu'un seul ogre de la montagne valût bien deux ou trois sylvains de la forêt.

De surcroît, chaque ogre, entrant dans un état de transe et habité par un esprit animal qui lui conférait une force incroyable, se changeait en guerrier fauve pareil au berserker des sagas nordiques, et déployait une énergie que cinq sylvains pouvaient à peine contenir ; et il fallait que ces derniers fussent plus nombreux encore sur un ogre pour en venir à bout. Les Perses autrefois peinèrent sans doute autant lorsqu'ils se frottèrent aux trois cents spartiates de Léonidas.

Or, si l'on se souvient que les Ogres, quoique sans essuyer de perte, avaient été tout de même assez éprouvés par la première vague des assaillants, nous pouvons facilement nous imaginer qu'aussi braves qu'ils fussent, ils commençaient à faiblir ; leur ardeur se refroidissait ; ils sentaient l'usure de leurs forces ; et si la bataille s'était équilibrée à un moment, elle penchait maintenant lentement mais inexorablement en faveur des Sylvains.

Cependant, à l'image de ses semblables, Capum, dans la fournaise du combat, se démenait héroïquement, malgré ce fardeau qu'il avait à sa jambe droite ; pourtant, il semblait moins en être embarrassé, gêné, que *soucieux* ; en somme, c'était moins un boulet qu'il entraînait partout, avec difficulté, qu'une âme à sa charge et sur qui il devait précieusement veiller, dont ses entrailles étaient comme *enceintes* ; et, les chevilles jointes, ainsi Karl se laissait-il guider par Capum dans le carnage noir où leurs ombres se confondaient.

Le choc était toujours plus rude. La plaine tremblait tout entière et la vallée se chargeait de l'écho de toutes ces clameurs épouvantables et farouches.

Quelque chose fut bientôt remarquée de tous : les Ogres tombaient un à un, comme des chênes, eût-on dit, sous la cognée de redoutables bucherons. Ils tombaient, s'effaçant dans la boue : les Sylvains avaient eu la malice d'enduire de poison leurs flèches et c'était un poison dont les onguents des sorciers ogres ne les avaient pas prémunis ! Ce poison, faisant son effet, terrassait tous ceux qui, dix minutes plus tôt en furent blessés. Capum, lui, que les flèches n'avaient fort heureusement pas atteint, se démenait toujours, donnant des coups de massue à tour de bras et faisant voler en morceau moult Sylvains... Aussi, voyant ses fidèles compagnons s'effondrer les uns après les autres, Grossus, Naris, Mutus et même Fidelis qui succombaient sous ses yeux, Capum se sentait-il à mesure plus vulnérable. Son poing tremblait ; sa massue lui pesait, chose que percevait Karl. Ce dernier se reployait contre le sein de Capum, comme un oiseau chétif et apeuré ; et, bien que sous son égide, il n'avait pas même empoigné son couteau à manche d'ivoire resté dans sa gaine... Au reste, si Karl ruisselait de sang, ce n'était jamais que le sang, qui giclait sur lui, des victimes de son protecteur ; parfois, il lui semblait reconnaître des visages dans la mêlée – était-ce donc Rigil ? était-ce Canophus ? – et familières lui étaient toutes ces têtes de Sylvains arrachées qui gisaient à ses pieds ou sortaient de dessous terre, alors que les corps s'y enfonçaient complètement, et que des bras semblaient vouloir l'attirer dans les ténèbres sanglantes... C'est là-dedans que Karl riva ses yeux avec terreur quand, moins clairvoyant que troublé, il crut voir tout à coup le visage... *de son père...* Oh, son propre père !... son père, dont, sans qu'il ne s'en rendît vraiment compte, la voix l'avait jusqu'ici hanté, la silhouette l'avait partout suivi !... – Ainsi Karl, anéanti, courbé, terrifié, fixait la boue (dont il était lui-même encore recouvert) d'où des spectres – et *un* en particulier – émergeaient, alors que Capum, plein de détresse, portait, lui, ses regards au ciel, y cherchant vainement le réconfort de ses aïeux, d'une tutelle divine, qui dédaignaient cependant d'en descendre pour lui prêter main forte, et ses regards disaient bien : – *Que Dieu m'assiste !* –

Dans cet enfer indescriptible, plein du choc des armes, des hurlements des mutilés et des râles des agonisants, un ogre se distinguait qui luttait mieux que quiconque et dont *la rage* exubérante le laissait absolument sans rival, on l'a compris, c'était Ira.

En le voyant de loin si combattif – sans que cela ne l'étonnât pour autant – Capum, auquel cela mettait du baume au cœur – sans toutefois le sauver de sa désolation –, se disposait au pardon et désirait unir leurs forces et s'entraider en ce moment fatal ; ils échangèrent même un regard si particulier que Capum crût Ira d'intelligence ; mais en réalité, il en était tout autre : Ira n'avait pas cessé de faire de son ancien chef l'objet de toute son animadversion, et quand Capum, trompeusement réconforté à l'idée qu'il avait en Ira un allié, lui fit dos – complicité inconsidérée ! –, une lame perfide jaillit de la mêlée avec un sifflement que Capum perçut si bien que, s'en comprenant la cible, il se retourna au dernier moment et en fut frappé en pleine poitrine, avant de s'effondrer, sans même maudire l'auteur du coup, Ira, dont la trahison, quoique prévisible, lui était plus douloureuse encore que le fer qui le transperçait. Avec dans les yeux l'expression vaincue de César s'écriant : – *Tu quoque, fili !* –, Capum s'effondra en manquant de peu d'écraser dans sa chute Karl qui fut précipité brusquement à ses côtés dans la gadoue sanglante, pleine de boyaux et d'éclats d'os brisés et concassés.

Maintenant que Capum expirait, Karl ne désirait douloureusement plus qu'une chose : que la Mort vînt à lui et que les vautours lugubres éparpillent sa chair aux quatre vents ! Quelques nuées s'amoncelaient au-dessus du carnage, poussées par des vents dont le mugissement se mêlait aux lamentations terrestres. Karl entendait, sans savoir d'où ils tiraient ce reste de force, deux ou trois ogres – dont Ira – qui combattaient encore péniblement – c'étaient les derniers guerriers de leurs tribus – face à une trentaine de Sylvains résistants qui périssaient au fur et à mesure. Clameurs, cris, heurts, plaintes... tout s'affaiblissait alentour. Karl humait en même temps les âcres odeurs, qui montaient avec l'humidité du soir, de ce champ de bataille où maints trouvèrent la mort qui étaient en paix avant que lui, cet homme, ne s'introduisît dans leur histoire... Et les paupières de Karl s'appesantissaient et elles étaient déjà mi-closes lorsqu'un éclair, zébrant le ciel, vint étinceler dans ses yeux où l'ombre grandissait et ce qu'il se passa – parfois l'on observe de ces phénomènes qui accréditent l'idée qu'il existe des interventions supranaturelles – c'est que Karl en fut *tout galvanisé*. C'était plus que le simple éclair d'un orage imminent : – les nuées étaient rares, peu menaçantes ; l'horizon d'un bleu pur encore à peine assombri et le tonnerre n'avait pas grondé ; – c'était plutôt une force de l'infini qui venait au secours de Karl et l'électrisait : ainsi le Ciel, qui se montre parfois clément avec les scélérats – l'injustice étant au cœur du cosmos – lui versait-il l'espoir, si bien que Karl rouvrit les yeux, – non, les ténèbres ne les obscurciraient pas tout de suite pour toujours ! – et il se décida à se battre. Il émergea de l'ombre et tenta de se redresser, mais sa cheville enchaînée à l'énorme corps, l'en empêchait. Il essaya tant bien que mal – en vain – de s'en défaire : les maillons, enfoncés dans sa chair, étaient inextricables ; puis de la rompre, mais le métal était si robuste que tous les fers des épées, malgré les coups acharnés et répétés qui la mordaient, s'y brisaient sans faire la moindre fêlure... Karl retomba dans le désespoir et plongea sa tête dans ses mains avec des sanglots : il n'avait que trop vu de morts, et l'idée qu'il finirait comme eux plus que jamais s'imposait à son esprit. Son désarroi, son dérangement étaient tels, qu'il se croyait même déjà en décomposition, et il lui semblait qu'encore plus qu'autour des cadavres, les mouches, venant lui sucer le sang qui le recouvrait, se pressaient en bourdonnant autour de lui. Pendant ce temps, Ira, le seul survivant des trois clans des Ogres, luttait toujours : la rage meurtrière qui l'animait semblait le rendre *invincible* et seuls quinze Sylvains épouvantés, faute de déserter, se dressaient encore devant lui. Et le vent tordait sa crinière de fauve aux reflets roux et mordorés, qui semblait un incendie au cœur du ravage. Ira jeta un rapide coup d'œil vers Karl, comme pour voir s'il était encore du nombre des vivants, puis brusqua le combat. Karl, qui avait relevé ses yeux, surprit ce regard et frémit ; il eut alors l'idée, puisque sans doute l'os, enveloppé de muscles, de nerfs et de chair et dût-il avoir la consistance du bois, se romprait plus vite que l'acier, de couper *la cheville* de Capum. Plus que neuf Sylvains faisaient encore face à Ira, tandis que Karl cherchait autour de lui de quoi se débarrasser de son entrave. Il vit bientôt, au milieu des carcasses, une hache rutilante quoiqu'elle trempât dans la bourbe. Il tendit son bras, s'en saisit et, la brandissant, allait en frapper la cheville, lorsque Capum, qu'il croyait mort depuis longtemps, reprit conscience : son corps jusqu'ici inerte fut en effet soulevé de convulsions, mais la force lui manquait et Capum demeurait gisant. Voilà qu'un horrible dilemme déchirait l'âme de Karl : soit il abandonnait l'idée de fuir et il restait à ses côtés à attendre la mort, que lui infligerait le Temps, lentement, ou Ira, très bientôt ; soit il prenait le parti d'achever, de tuer Capum, lui qui l'aima tant, afin de pouvoir lui couper ensuite la cheville et de fuir dans la foulée. Devant la cruauté d'une pareille situation, les yeux de Karl se chargèrent de larmes ; et elles coulèrent bientôt, le long de son visage, ces larmes boueuses qui venaient de son cœur abject, lorsqu'il décida de faire preuve, lui-même, de cruauté. Alors, il dégaina son poignard à manche d'ivoire, don de Capum, et porta la lame à la gorge de l'agonisant ; et en lui demandant pardon, Karl égorgea Capum dont le regard, en plus de lui accorder cet ultime pardon, avant de se révulser, parut comme le remercier. La lame dessina un long filet rouge et le geste de Karl fut si prompt – le répétait-il pour se montrer aussi aguerri ? – que le souffle de Capum s'éteignit aussitôt. Maintenant, il fallait couper la cheville. Karl rempoigna la hache, consulta une dernière fois ses forces emmagasinées et avec la puissance de l'espoir renaissant, frappa la cheville de Capum qui céda sur le coup. Quel cri de soulagement poussa-t-il ! Et l'on eût dit qu'un tel cri n'était pas le premier poussé par Karl dans sa vie.

Après avoir constaté qu'Ira n'avait plus qu'un Sylvain à combattre, recouvrant sa vigueur et sa célérité et n'emportant avec lui que le poignard à manche d'ivoire et le pied de Capum, hélas, au bout de la chaîne, Karl s'enfuit à grandes enjambées vers la forêt. Il s'y engouffra mais Ira, l'ayant vu s'enfuir, se débarrassa en toute vitesse du Sylvain et, dernier survivant de la bataille dont il avait renversé l'issue, à peine éreinté et sans même adresser un regard à ses frères défunts, il prit Karl en chasse frénétiquement. Si l'espoir et le sentiment de liberté aiguillonnaient la course de l'homme, Ira, guidé par sa seule soif de vengeance, se montra, lui, plus rapide ; et alors que Karl se croyait à l'abri, il eut tôt fait de comprendre que se rejouait ici-même une course poursuite qui autrefois n'avait pas tourné à son avantage. Ils coururent sur des dizaines et des dizaines de mètres, Karl, fort ralenti par son troisième pied, et Ira gagnant du terrain toujours plus, tant sa vélocité était celle d'un félin. Soudain, le pied ballant de Capum, ramené sur le devant par une brusque embardée, fit – sinistre ironie ! – comme un croche-pied à Karl qui fut précipité au sol tête la première. Karl essaya de se relever, mais Ira, surgissant, le frappa si fort qu'il s'écroula de plus belle, le visage ensanglanté. Point résigné pour autant, il rampa jusqu'à un arbre, sous le regard noir et vindicatif d'Ira qui se délectait au spectacle des contorsions et de la souffrance de son ancien prisonnier. Un sourire abominable entrouvrit les sombres et saignantes lèvres de l'ogre. Enfin, il allait étancher la soif de ses crocs pareils à des pointes de sabres tordus ! Karl s'était recroquevillé au pied de l'arbre et Ira, savourant la scène, se dressait devant lui impérieusement, plein des sales éclaboussures du combat. Ira avait assassiné aujourd'hui même, sans parler de la foule de ses ennemis anéantie, Castita-Hostia et il avait attenté à la vie de Capum... et Karl serait sa dernière victime et celle dont, avec le plus de plaisir, il répandrait le sang ! Il était le plus fort et le plus mauvais des Ogres et celui en qui peut-être se trouveraient le plus de traits humains : le sadisme, la haine, la méchanceté, la ruse, la jalousie... à croire qu'un peu du sang noir des hommes eût coulé dans ses veines ! Les yeux de Karl se fermèrent, et, se sentant fou de s'être frotté à pareille créature, il s'abandonnait à son sort de victime... Karl entendait Ira approcher, son pas frôler l'herbe, et son poing brandir la massue qui siffla dans l'air... quand soudain un éclair, étincelant dans les nuées, zébra sa nuit intérieure et, à nouveau, lui communiqua son électricité, si bien que Karl rouvrit les yeux et, s'écartant in extremis, échappa au fracas furieux de la massue, sous le choc de laquelle l'arbre éclata et un énorme cratère se forma. Karl pendant ce temps s'était saisi de son poignard et, dans un effort surhumain, en une fraction de seconde, se glissant derrière Ira encore stupide de la fureur qu'il avait mise en vain dans ce coup (en plus d'être éprouvé tout de même par les efforts déployés pendant la bataille), s'élevant dans son dos comme dans le dos d'un taureau cabré, Karl, avec cette réserve de forces qui s'étaient accumulées en lui, le frappa fatalement entre les épaules comme un matador qui porte l'estocade. Le coup fut foudroyant, l'ogre se déchira la gorge d'un épouvantable cri et, bavant de rage, les yeux sanglants, exorbités, la lame enfoncée dans l'échine, il eut beau frapper Karl qui valdingua, il dut s'avouer vaincu et s'effondra dans le cratère, mort et enseveli.

Après cela, Karl, enfin libre, n'attendit point que d'autres apparaissent et il s'éclipsa tandis que les ténèbres montaient.

INTERMÈDE
Il brûle les planches

À bout de souffle, ayant couru comme un lévrier, déchiré, sanglant, haletant, chancelant, Karl pénètre la scène ; on est dans une clairière à proximité d'une source et le décor est assez semblable à celui du commencement, à ceci près qu'il n'y a pas de soleil : un énorme orage se prépare, amoncelant à l'horizon ses profondes et ténébreuses nuées.

Karl va pour se désaltérer et il est en train de s'ablutionner pour nettoyer ses blessures dont le sang rougit l'onde, quand Aria lui apparait.

Troisième scène.
ARIA, KARL.

ARIA

Bonjour, Karl.

KARL, *surpris, mais sans sursauter.*

Aria ! quel plaisir de vous revoir !

ARIA

Le plaisir serait partagé si je n'avais à jeter le blâme sur tout ce qu'il t'est arrivé depuis notre dernière entrevue.

KARL

Je vous comprends bien... À vrai dire, quant à moi, mon plaisir serait bien plus complet, bien mieux sincère, si je n'étais pas esquinté comme vous pouvez en faire le constat. Aussi, pour cette raison, je ne suis guère disposé à vous entendre me blâmer.

Il lui fait dos et continue à se nettoyer.

ARIA

Pourtant, il va bien te falloir m'écouter. Je t'avais promis la fortune en t'indiquant la route menant à tes premiers hôtes ; puisqu'elle t'a conduit à ta perdition, je me sens plus que jamais concernée par ton cas.

KARL

Parlez toujours ; vous ne m'intéressez plus ; je vous ai vu me fuir quand j'en revenais, justement, de ces premiers hôtes. Un grand malheur en a découlé et c'est pourquoi me voici dans ce si piteux état. Comme vous le savez sans doute, *moi*, j'ai lutté, *moi*, j'ai combattu ! Je ne suis pas resté comme vous, tranquille et immaculée, dans une petite fontaine !

Le tonnerre se met à gronder.

ARIA

Ce n'était pas moi alors que tu vis. Il s'agissait, vois-tu, d'un leurre de la sorcière Mizaserug, t'ayant de la sorte appâté. Tu fus d'ailleurs ballotté par elle comme un ludion... À ce moment, sache qu'écœurée par ta conduite, je n'avais pas jugé bon de me manifester à nouveau à toi.

Le tonnerre gronde encore.

Aussi, je goûte peu tes reproches que le vent te donne à m'adresser. En ce qui te concerne, tu occultes quelque peu ce qu'il s'est passé chez tes premiers hôtes et cela, non seulement ne lasse de m'écœurer mais me cause aussi une colère noire...

Bruit du tonnerre.

KARL, *sarcastique et portant sa main à son oreille en signe de dérision.*

Vous feriez mieux de parler plus fort : le tonnerre couvre votre voix !

ARIA, *durcissant le ton.*

Tu vas l'entendre, ma voix, et tu vas m'écouter !

Elle présente soudain plusieurs feuilles de roseaux couvertes d'écritures et roulées entre elles à la façon de papyrus.

Sais-tu ce que je tiens dans la main ? Ce sont les faits qu'a rapportés un Sylvain que tu as bien connu et le premier poète du royaume, et un poète princier : Canophus, le fils d'Alioth ; ces noms t'évoquent-ils quelque chose ? Je tiens de ce poète les faits survenus durant ton passage au sein de leur communauté et qui y a répandu le chaos ! C'était avant que tu ne rejoignes le rang des Ogres, avant que ne t'attrape Ira, avant que la sorcière ne t'aie sous son pouvoir ! Comme tu as occulté ce qui t'a chassé de chez les hommes, tu occultes maintenant ce qui t'a chassé de chez les Sylvains !

Le tonnerre gronde à nouveau, il se met à pleuvoir.

Je vais tout te remettre en mémoire !

KARL, *avec une ironie diabolique.*

Ha-ha-ha ! Il faudrait que votre voix porte mieux alors !...

ARIA, *soudain l'azur de se yeux s'enténèbre, ses cheveux, comme s'ils prenaient vie, ont l'air de serpents et se mettent à tourbillonner autour de son front ; sa bouche s'ouvre comme un gouffre... alors, en transe comme une pythie qui rend un oracle, elle parle ainsi et chaque mot gronde comme des coups de tonnerre en paralysant Karl de stupeur :*

Tu vas réapprendre à me respecter et, crois-moi, je vais te faire ravaler tes rires ! je te le répète : Tu vas m'écouter. Et tu vas devoir répondre de tes actes, ô toi en qui je me prends à voir un vampire ! Car non seulement le récit qui arrive aura le pouvoir de te captiver mais aussi celui de faire revenir du royaume des ombres tous les noms qui y sont convoqués et dont la plupart sont les noms de ceux qui ont péri par ta faute. Regarde un peu autour de toi ; je vais te faire prendre conscience de tes fautes, de tes crimes, à mesure que ce monde de nuées va se matérialiser ainsi qu'en toi le Remords qu'enfin tu vas regarder dans les yeux !

KARL, *il dit ceci en se bouchant les oreilles et en grimaçant :*

C'est d'accord, c'est d'accord ! je fais amende honorable et je vous écoute ! mais par pitié, Aria, ne me faites pas ces gros yeux méchants-là ! cessez cette sorcellerie ! vous allez me faire exploser les tympans ! (J'ai déjà assez comme cela subi la sorcellerie de la vénéneuse Mizaserug ! épargnez-moi la vôtre, s'il vous plaît !) Au fond, vous portez bien votre nom : si une *aria* est une mélodie charmante – et vous pouvez avoir la voix mélodieuse, j'en conviens – ce même mot, au masculin, si je n'ai pas oublié mon ancien français, veut dire *tourment, harcèlement, tracas*... ce qui vous va bien, aussi !

ARIA, *à mi-voix et avec une velléité de sourire.*

Merci du compliment.

Cependant de l'ombre apparaissent des silhouettes fluides peu à peu reconnaissables – Karl ébahi et contrit, les reconnait – et qui viennent se grouper autour de Karl et d'Aria, laquelle reprend lentement sa physionomie tranquille : comme si, fille des eaux, en elle la tempête s'était calmée.

Quatrième scène.
ARIA, KARL, et des ombres.

ARIA, *s'adressant aux ombres.*

Prenez tous vos aises et gardez-vous de tourmenter Karl pour l'instant : il a la déférence, vous l'avez entendu comme moi, de daigner écouter votre histoire comme le poète l'a immortalisée. La voici, c'en est la traduction qu'ont faite pour moi de l'elfique les Muses, mes sœurs.

Elle plonge ses yeux dans le parchemin et déclame ce qui suit.

CHANT SEPTIÈME
LE ROMAN DE CANOPHUS

I

« D'où je viens ? je l'ignore. Où je vais ? Nulle part
Et partout, voyageant au fil de mes humeurs,
Parfois allant au Nord et d'autres fois au Sud,
Emporté d'Est en Ouest comme une feuille au vent,
Tantôt quand l'Aquilon tantôt quand l'Alizée,
Tantôt quand le Levant et tantôt quand l'Autan
Soufflent dans mon esprit et en gonflent les voiles.
Il n'est pas de chemin qu'on ne fasse en marchant,
C'est ma devise, ô roi des Sylvains, et pour l'heure,
Morose citoyen d'une ville de France,
Jusqu'en votre forêt m'ont transporté mes pas.
De votre bonté grande étant la renommée,
Avec de l'audace, j'ai conçu le dessein
De faire halte ici et de vous rencontrer
(Vous dont l'écho partout raconte la louange),
Pour que j'en sois grandi, vous qui êtes si braves,
Et en comparaison, moi qui le suis très peu. »

En inclinant le front devant le roi Alioth,
C'est en ces mots que se présenta l'étranger
Qui disait avoir mis troubadours en déroute
(Après que ces derniers eussent, selon ses dires,
Voulu le violenter au moyen de leur viole),
Et affirmait survivre au sein de la forêt
Sans que bête ne fût sacrifiée pour sa faim.
S'affublant à nos yeux d'un masque de vertu,
Malgré l'aspect assez inquiétant de sa mise,

Cet étranger nous plut et il eut notre hommage,
Et le roi lui offrit son hospitalité,
Sans savoir qu'au Malheur nous ouvrions la porte.
Et Alioth au nouveau venu donna congé
Et le pria de se retirer dans la chambre
Que sa bonté réserve aux hôtes de passage.

Hélas, puisque jamais seul n'arrive un malheur,
Un messager vint informer dans la foulée
Le roi Alioth que Mizaserug la sorcière
Faisait son grand retour après des ans d'absence ;
Pour le rester trop calme était notre région :
Tous les cours d'eau de l'Est étaient contaminés,
Abreuvant de poison les bêtes alentour
Et changeant la forêt, là-bas, en champ de mort.
Deux farouches oiseaux ont donc soudain percé,
Dont le chemin avait divergé jusqu'ici :
Mizaserug venait de l'Est et l'étranger
De l'Ouest, mais tous deux émanaient des ténèbres.
S'il accueillait à bras ouvert notre étranger,
Quant à Mizaserug qu'il croyait aux enfers,
Alioth eut tout de suite à dessein de l'occire.
À cette fin, il va pour envoyer des siens,
Quand Talitha, sa tendre épouse dévouée,
Lui dit que c'est l'esprit du Malin qui l'y pousse
Et qu'il vaut mieux, devant tant de férocité,
Se montrer diplomate et user de détours.
« Payons-la, dit-elle, pour quitter la forêt !
J'aime mieux sacrifier un lingot d'orichalque,
Plutôt, oui, que la vie de l'un de nos sujets ! »
Cette proposition séduisit aussitôt
Alioth qui cependant ne savait point comment
Mizaserug allait accuser réception.
Alors, à demi voix, Talitha suggéra
Qu'on éprouvât le courage de l'étranger
En le chargeant de la délicate mission

D'apporter le lingot très vite à la sorcière.
« Tu sembles oublier, a répondu Alioth,
Qu'il s'agit de mon hôte et qu'il n'est pas loyal
De me servir de lui comme tu le proposes. »
Et cependant était plein du chant des fauvettes
Et du murmure de cristal des sources proches
Le palais de feuillage où l'on délibérait.
« L'étranger appartient à la race des hommes,
Talitha, dans l'instant a-t-elle renchéri,
Comme Mizaserug, est-ce que tu l'ignores ?
C'est *une femme* sous ses dehors de démone ;
Bien mieux entre elle et lui passera le dialogue
Et point ne faut que nous Sylvains nous en mêlions. »
Et Talitha rallia les suffrages du Roi
Mieux que ne l'eussent fait ses meilleurs conseillers.
Alioth fait convoquer l'étranger, il lui parle,
Et il arrive à le convaincre en lui disant
Qu'un grand banquet serait donné en son honneur
Si l'étranger de sa mission sait s'acquitter,
Et que le soir suivant serait moment de liesse.
On décida qu'il partirait le lendemain
Aux premières lueurs du nouveau jour naissant,
Qu'un Sylvain en armes lui servirait d'escorte
Du moins jusqu'à ce qu'ils touchent au territoire
De l'affreuse Mizaserug ; à cet instant,
L'unique fils du Roi, Canophus, se porta
Volontaire pour se joindre à l'expédition ;
Et lui qui sans mot dire avait été déjà
Témoin de tout ce que ses parents s'étaient dits,
Parce que, pour prouver sa valeur à lui-même,
Il rejoignit ainsi de son gré le porteur
Du lingot d'orichalque, il peut présentement
Écrire le récit de ce qu'il se passa.

II

Maudit soit le moment où l'étranger entra
Le premier en contact avec moi ! L'on marchait ;
Il roula un petit cylindre qui devint
Incandescent quand il le porta à sa bouche ;
Cela fit alentour un nuage de fumée ;
Et moi je déclinais quand il me proposa
De goûter avec lui cette drogue des hommes.
(Si je sais à quel *nom* répondait *l'étranger*,
Ce substantif lui sied mieux que tout autre nom,
Et jamais je ne le nommerai autrement
Pour ne pas que l'écho redise à la vallée
Ce vocable infernal ravivé par ma plume !)
L'aube faisait pleuvoir ses rayons tamisés
Sur nos fronts au travers des feuillages des arbres,
Lorsque, visiblement peu soucieux de sa tâche,
Il me dit : « Ai-je tort de sentir des tensions
Entre vous Canophus et votre père Alioth ?
Nous autres les humains sentons ces choses-là. »
Alors, je devins le confident de cet homme
Qui me dit qu'il s'était beaucoup battu lui-même
Avec son paternel, jusqu'au jour, me dit-il,
Où les a séparés le destin à jamais...
Si bien que je lui dis qu'il était clairvoyant
Et que mon père Alioth n'aimait – d'où le conflit –
Que je subisse l'influence des trouvères,
Et qu'il me plut, devant toutes choses, d'écrire,
Devant tout, y compris, d'être un galant Sylvain.
« J'ai moi-même, voici un point commun de plus,
M'a-t-il confié encor, beaucoup poétisé ;
Mon père détestait ; il me coupait le gaz ;
Et puis nous nous battions ; mes écrits, c'était tout ;
Et en m'y consumant, je me suis obstiné...
Ma mère entre mon père et moi s'interposait

Et recevait parfois des coups, ô flots de larmes !
Puis une ombre épaisse s'est faite sur ma vie... »
Rêveur, il acheva sur ces mots de fumer
Et jeta par terre le bout de cigarette
Qu'il écrasa du pied comme un insecte impur.
Nous marchions ; alentour se taisaient peu à peu
Le murmure des eaux et le chant des fauvettes.
L'étranger remarqua la peur sur mon visage
Et me dit : « Est-ce de rencontrer la sorcière
Qui vous trouble ? pourtant, vous partirez avant. »
– Non, voyez-vous, alors lui ai-je répondu ;
(Oh ! j'eus aimé que ma langue fût arrachée
Ou qu'elle pivota au profond de ma gorge
Plutôt qu'ainsi elle n'émette ces paroles !)
C'est la perspective du *banquet* de ce soir :
Vous allez réussir et personne n'en doute,
Tant l'orichalque est un métal rare et précieux,
Dans la mission qu'Alioth le roi vous a confiée.
Car il s'*y* trouvera celle dont je suis fou !
Depuis plusieurs années je l'aime éperdument,
Mais je perds mes moyens quand il faut l'aborder
Et puis je crois que règne un autre dans son cœur. –

À ce moment le garde armé nous interrompt :
« Sentez-vous cette odeur ? c'est le signe qu'on entre
Sur les terres de Mizaserug la sorcière.
Alors s'adressant à mon interlocuteur :
« Nous vous laissons : voici le lingot d'orichalque ;
Et en me regardant ensuite : Allons-nous-en ! »
J'avais perçu sa peur qu'il me communiquait,
Si bien qu'illusionné royalement, je dis
À l'étranger adieu en vantant sa bravoure.

III

« Ô roi de la forêt, je m'en reviens à vous
Le cœur plein d'optimisme et de félicité !
J'ai réussi, soyez rassuré : la sorcière
S'est inclinée et va quitter le voisinage ;
Elle ne nuira plus aux ruisseaux où vont boire
Les bêtes qui vous sont des hôtes harmonieux. »

Quand il fut de retour, quelques heures plus tard,
Le regard pétillant et la bouche rieuse
(Pleine en vrai de poison dont l'effet fut d'abord
D'inspirer la confiance et unanimement),
Tel, parla l'étranger en coudant le genou
Devant Alioth chez qui l'enthousiasme explosa.
Or, quand nous fûmes seuls, voici ce qu'à l'oreille
Tout bas et patelin, m'a glissé l'étranger :
« Vous aurez grâce à mon audace, ô Canophus,
Sans faille la main de celle que vous aimez.
Je me suis procuré auprès de la sorcière
Un philtre, voyez-vous, qu'il vous faudra verser
Ce soir dans la coupe de votre grand amour.
Ne dites rien ; sachez que le breuvage bu,
Elle tombera folle amoureuse de vous ;
N'hésitez plus car vous pourrez le regretter.
Sans ce philtre jamais vous n'en serez aimé.
Ayez confiance en moi comme en Mizaserug !
– Oh ! comment osa-t-il avoir cette parole
Et comment ai-je pu, moi, me laisser piéger ! –
« Mais voici le tribut qu'on lui doit en retour :
Vous couperez une tresse de l'aimée, lors
De la première nuit que vous partagerez ;
Inventez n'importe quel motif et demain
J'irai discrètement l'offrir à la sorcière,
Parce qu'il la lui faut *en plus* de l'orichalque.
Puis l'on constatera son départ à jamais ! »

Dans la grand' salle du palais émerveillant,
Au soir, comme prévu, mon père Alioth donna
Un grand banquet dont seul moi-même et l'étranger
– Oh, que je sois maudit d'être associé à lui ! –
Savions en secret qu'il n'avait nul bien-fondé.
Les coupes de cristal s'emplissaient d'ambroisie
Et des éclats que la pleine lune y jetait ;
Des fleurs dans les cheveux avaient l'air de sourire ;
Et aux lèvres de doux sourires fleurissaient.
De tous côtés dansaient les amoureux, et moi,
Pour maints motifs j'étais le plus troublé convive ;
Alioth le remarqua et me dit : – Pourquoi donc,
Fils, ne pas aborder Ascella ? elle attend
Et tu ne le vois pas, un geste de ta part ! –
Mais j'ai répondu à mon père : – Non, hélas !
Elle attend son Rigil et de moi n'a que faire ! –
Alors quand dépité s'est éloigné le Roi,
Pour m'aborder en a profité l'étranger :
« C'est le moment rêvé : verse, verse le philtre
Et va, va proposer le verre à Ascella !
Qu'attends-tu ? n'as-tu pas que trop tergiverser ?
Oublierais-tu que de ce breuvage dépendent
L'adieu de la sorcière et l'amour d'Ascella ? » –
Alors, je l'ai versé, ce philtre, alors, je l'ai
Hélas, trois fois hélas ! proposé, ce breuvage,
À la belle Ascella en lui disant : – Voici
Une boisson que tu ne me refuseras ! –
« Merci beaucoup, j'ai soif, ô gentil Canophus ! »
Et elle y a trempé ses si mignonnes lèvres,
Et elle y a goûté par petites gorgées ! –
Oh, que je sois damné pour ce geste et, damné,
Encore plus que moi le soit l'étranger, car
Quelques instants après des convulsions la prirent,
Et Ascella, blêmie et, étouffant des plaintes,
Morte, s'est effondrée – et ce fut la stupeur.

La panique a gagné un à un les convives
Qui s'entre-regardaient tous remplis d'épouvante ;
Mais lorsqu'agenouillé en larmes auprès d'elle,
Rigil m'a dit, tournant vers moi ses yeux terribles,
Et me pointant du doigt : – Meurtrier ! meurtrier !
Tu l'as empoisonnée ! Je t'ai vu la servir ! –
C'est le tonnerre qui m'a roulé sur la tête !
« Canophus, qu'as-tu fait ? m'a demandé mon père ;
Qu'as-tu fait ? répond donc ! » Ma mère, Talitha,
Quant à elle, restée d'horreur sans voix dans l'ombre,
Frôlait à chaque instant l'évanouissement.
Je me suis écrié « Trahison ! » mais trop tard,
Car Rigil rendu fou de perdre son amour
S'est relevé soudain, farouche et indomptable,
Et m'a dit en tirant son arme du fourreau :
« Tu vas payer ton crime » et m'en a poignardé.
Je me suis écroulé ; Rigil fut maitrisé ;
Il était écumant de haine et moi, de honte,
Je me mourrais ensanglanté à ses genoux.
Et puis avec de lents soupirs j'ai balbutié
Ce que je savais du pacte avec la sorcière
Et à quel point m'avait éprouvé l'étranger...
Sur cette parole j'ai perdu connaissance.
On chercha l'étranger, en vain : il avait fui !
Sans s'avouer vaincu, Alioth le roi comprit
Amèrement que nous avions été joués.
C'est cela que d'avoir commerce avec un homme !
Ensuite, éclaircissant sa voix, mon père a dit
(J'entendis chaque mot comme au travers d'un rêve) :
« Retrouvez l'étranger ! Je le veux *mort ou vif ;*
Vite, soldats ! il ne peut pas être bien loin.
Prenez les chiens de meute avec vous s'il le faut !
Que l'on soigne mon fils, qu'on relâche Rigil ;
Quant à Mizaserug, brûlez-la sans quartier ! »
Puis sombre Alioth avec sa suite disparut.

IV

Mes jours, hélas, n'ont pas été mis en danger ;
Je dis « hélas » quoique ma survie ait du bon
Et c'est peut-être ici le peu qu'il en demeure :
J'ai pu de la sorte raconter mon histoire
Pour que l'on sache *qui* est vraiment le coupable.

C'est sur ces mots que moi, Canophus, fils d'Alioth,
Moi qui fus et témoin et acteur de ce drame,
J'en achève dès lors le récit sur lequel
J'appose à jamais le sceau de la vérité.

*

Dès qu'Aria eût fini, fou, Karl – qui n'avait pas cessé de se tordre d'horreur en l'écoutant –, fuyant le jugement des ombres qui le pressaient de toutes parts, reconnaissant effrayé parmi ces larves, Canophus, Alioth, Capum et bien d'autres, tous morts au cours du sanglant combat et dont les esprits vengeurs venaient maintenant le persécuter, Karl, arrivant tout de même à s'en arracher, s'écriait : « C'est moi *l'étranger*, oui, c'est moi ! je l'avoue ! je l'avoue ! Mais que je fuie, oh ! que je fuie, et sois maudit, à jamais, à jamais, jusqu'à la fin des temps ! »

CHANT HUITIÈME
SACRE DU VAGABOND

Karl s'enfuit et ne s'arrêta plus dans son élan – du moins autant que ses forces le lui permissent ; il courut comme jamais cela ne lui était arrivé. Karl mettait enfin à l'épreuve toute la machine de son corps et tous ses muscles étaient en branle, durcifiés par son séjour chez les Ogres. Il courut si bien que le pied de Capum qu'il traînait au bout de sa chaîne, allant se coincer sous une racine, y resta bloqué, et Karl, au prix d'une culbute, en fut brusquement libéré. À présent, il avait de quoi se sentir *franc* de ce Capum qui lui avait semblé lui courir après ! Pourtant, si, depuis le commencement, il n'eut de cesse de se sentir pourchassé, tantôt par ce qu'il avait nommé « les Bêtes féroces », tantôt par les Sylvains, jamais sa course ne se fit plus précipitée et pour cause, ses persécuteurs d'à présent, quoique spectres, ni n'avaient le vague de ces dites bêtes féroces, ni n'étaient capables d'indulgence ou de pardon comme il en escompta un instant de la part des Sylvains : Karl avait pour l'heure à ses trousses ni plus ni moins que les esprits en colère des morts qu'il trompa, farouche horde du châtiment dont Oreste, poursuivi par les Érinyes, dut entendre les galopades dans son dos.

Or, tandis qu'il courait, que, s'enfonçant dans une interminable forêt, le brouillard de la nuit l'eût bientôt tout entier enveloppé, mais sans que cela ne réfrénât son obstination – fût-il à moitié aveugle, Karl courait toujours, bravant le terrain accidenté et broussailleux et la proximité des précipices qui se laissaient deviner – il se passa une sorte d'opération occulte, une sorte *d'effet spécial* de l'ombre, car, dès lors que le brouillard se fut dissipé, Karl constata que le monde spectre ameuté derrière lui s'était changé en troupeau de loups affamés... Une fois de plus le destin lui fut avantageux, car, c'est à un brusque effondrement qui le précipita dans les abîmes de l'inconnu, que Karl dut de ne pas être mis en pièce par tous ces crocs sauvages. Mais, pour dire vrai, comme en expiation de ses fautes – du moins de celles qu'il était capable de se reprocher – durant les quelques secondes d'épouvantement qui précédèrent sa perte de conscience, Karl, en chute libre – car lui aussi aurait droit à sa catabase ! –, crut bel et bien qu'il tombait dans un entonnoir de l'Enfer.

C'était presque cela si l'on considère que sont des démons les Nains qui habitent les entrailles de la terre et que les galeries souterraines qu'ils creusent, sont des sortes de puits infernaux. Dans l'un d'eux, Karl était donc tombé et quand il revint de son évanouissement, il découvrit que l'avait accueilli l'un des clans de ces Nains. Un homme chez eux ! descendu du Ciel ! *Deus ex machina.* Et qu'importe que tout indiquât qu'il s'agissait d'un prisonnier évadé ! Pourtant, sans doute les Nains avaient-ils à dessein que cet homme leur fût utile, pour s'en encombrer de la sorte.

Quand les Nains, « Ceux de la brume », contractent avec des êtres étrangers, avec des humains de surcroît, cela ne peut se faire sans qu'il n'y ait pour eux un profit, à la clef, quel qu'il soit. En l'occurrence, les Nains avaient jugé favorablement le gabarit et la musculature de Karl et dès qu'il fut, avec leur secours, remis droit sur ses hanches, quand ils virent en sa personne la solution rêvée au problème dont ils se préoccupaient – *Non aperire ventrem draconis* – et auquel, aussi ingénieux qu'ils fussent, ils n'avaient pas trouvé d'alternative, leur chef qui était aussi le plus laid et s'appelait Naggir, lui exposa ce qu'on attendait de lui ; et Karl comprit que sous la montagne voisine, un dragon ayant avalé leur trésor et ce faisant s'étant étouffé, tâche lui incombait d'ouvrir et de maintenir ainsi la gueule du monstre, tandis que les Nains iraient chercher les reliques de leur trésor tout au fond de son estomac.

Croyant trouver, à la manière de Caïn, au cœur des ténèbres, sous terre, un semblant de paix, loin de l'œil du jour, instigateur de remords, Karl, qui se passait maintenant de toute cérémonie, accepta et, en échange de ses services, les Nains lui scièrent sa chaîne.

Alors on se mit en train. Après trois heures à parcourir les méandres des souterrains, ils arrivèrent. C'était une belle bête que ce dragon : sa gueule pouvait, béante, admettre au moins l'envergure d'un homme d'un mètre quatre-vingt et Karl s'y inscrivit donc parfaitement.

On lui fit signe de se mettre au travail.

Saisissant les deux puissantes canines du haut dont ses deux poignes de fer épousaient on ne peut mieux la forme, et soulevant de toute sa force la mâchoire supérieure, Karl ouvrit le passage aux Nains qui constituèrent bientôt une chaîne pour promptement sortir le trésor des entrailles du dragon. En observant, pendant ce temps, que se trouvaient hors du monstre seulement deux nains sur l'ensemble du clan qui en comptait une bonne quinzaine, Karl, dont déjà cheminait la petite idée pour tromper tout son petit monde, songeait que décidément le sort lui était propice : grand lecteur des Nibelungen dans sa jeunesse, il ne pouvait que, devant cette espèce de Fáfnir déjà terrassé et ce trésor qui s'amoncelait là, sous ses yeux, se sentir *aussi triomphant* que Siegfried après son exploit, mais *plus malin* que lui encore et qu'importe que son triomphe fût usurpé ! Le trésor devenait une petite montagne d'or au sein de la grande montagne sombre : que de richesses dont la vue le grisait ! Il s'était si bien enhardi qu'il allait pouvoir mener à bien ce noir dessein qu'il caressait, *enhardi* contre ses états d'âmes : quel mal y a-t-il à tuer et à voler si cela s'impose ? Et puis, il ne s'agissait nullement d'homicide dans ce cas : les Nains vivent sous terre, ils ont la laideur sur eux et en eux, et sont ennemis du jour ; par conséquent, songeait-il, il n'est pas grave de les duper puis de les éliminer !

Il fallait passer à l'action : Karl, tout à coup, relâcha la gueule et les neuf dixièmes du clan des Nains furent soudain prisonniers du dragon ; il ramassa ensuite un glaive (il n'avait plus le sien, à manche d'ivoire, resté planté dans l'échine d'Ira) et pourfendit les deux nains qui tentèrent de faire de la résistance : Naggir, embroché, fut, ici, sa première victime. Si, en tuant Capum, Karl n'avait fait que l'achever *par devoir*, et si la légitime défense pouvait être invoquée lorsque Karl tua Ira, cette fois-ci, il se rendait coupable en vérité de meurtres impardonnables – auquel, peut-être, s'ajoutera un autre que nous lui connaîtrons plus tard. Et cela montrait un peu plus que Karl avait beaucoup de violence en lui et il n'est pas dit, non, qu'auparavant, il n'en fît pas déjà preuve...

« Tout le trésor est pour moi ! » cria Karl qui, avec un empressement maniaque et écumant de plaisir, se passa bagues et anneaux, bracelets et colliers (dont un était d'ambre et aussi beau que celui des Brísingar – et s'il s'agissait du collier authentique ? –), et il se remplit en outre ses poches de pièces d'or et tout cela rutilait pourtant moins que son regard plus que jamais d'une convoitise qu'il rassasiait comme on voudrait avec du sang éteindre un incendie.

Même aux yeux de ceux qui jamais n'auraient douté du bon fond de Karl, il eût été difficile de mettre sur le seul compte de sa présence au cœur de la terre, loin de ses anges, la pulsion criminelle qui s'était emparée de lui. Sa vraie nature transparaissait-elle ? Cependant les

Nains trompés mugissaient de colère depuis les intestins du monstre et cela faisait un borborygme hideux.

Maintenant Karl devait fuir. Les Nains, ayant conservé leurs dagues, s'employaient déjà à percer, de l'intérieur, le flanc dont ils étaient captifs et bientôt on allait voir ce dragon accoucher de tous ces Nains comme de noirs serpenteaux.

Karl dut se résigner à leur laisser le plus gros du trésor, et, surchargé de toutes ces richesses, il s'arracha de l'antre du dragon puis des entrailles de la montagne ; et enfin hors de danger, quand il vit la clarté du jour – c'était une nouvelle journée qui commençait – il s'effondra à genoux et pleura à chaudes larmes. Après quelques instants, il se remit en marche.

Profondément honteux de la manière dont il les avait acquis, il se dépouillait à chaque pas un peu plus de son trésor et de ses bijoux ; il cherchait vainement un point d'eau en même temps qu'il en redoutait l'abord, car, s'il avait à souhait de nettoyer ses mains encore toutes maculées de sang, il craignait d'y rencontrer Aria qui ferait ressortir sans nul doute en lui toutes les macules sanglantes et indélébiles de ses fautes et achèverait de le maudire. Il déambulait donc circonspectement, lorsque, une clairière se présentant à lui – on se serait cru en pleine forêt de Bondy – se croyant à l'abri derrière un buisson, avec la sensiblerie extrême d'une Justine, il vit se dérouler sous ses yeux un atroce spectacle : une licorne morte se faisait dépecer – c'était une véritable boucherie hippophagique – par trois ou quatre ignobles êtres, en tout pareils à ceux que Lemuel Gulliver baptisa jadis les Yahoos. Ceux-ci n'auraient nullement fait cas de notre vagabond, si, cette vision d'horreur l'ayant pétrifié, et, comme le soleil était haut dans le ciel, l'un de ces Yahoos n'avait remarqué comme un bizarre scintillement dans les fourrés : ainsi clignotait au soleil le collier de Karl, la seule parure dont il ne s'était point défait.

Alors, se sentant débusqué, Karl alla pour s'éclipser une fois de plus, mais un craquement sous ses pieds acheva de le trahir.

Que croyez-vous qu'il advînt de lui ? que les Yahoos le ligotèrent ? qu'ils le saignèrent ? que nenni. La chance était encore avec Karl : les Yahoos s'apprêtaient à lui faire du mal, lorsque, après l'avoir reniflé et avoir léché le sang de ses doigts, ils virent dans le collier qu'il portait, un talisman et se courbèrent devant Karl comme devant leur élu, leur maître. Dans la foulée de quoi, ils le conduisirent chez eux, avec toute la pompe dont leur pauvre et immonde condition était capable, et Karl fut acclamé là-bas comme leur nouveau roi. Nous gageons qu'il en conçut beaucoup de fierté et qu'il fut heureux.

ÉPILOGUE
Il est rétrogradé en Enfer

Cinquième et dernière scène.

ARIA, *seule. Inquiète, elle regarde autour d'elle, sent comme une menace planer et donne l'impression de n'être plus sur scène pour longtemps et de s'apprêter à s'éclipser. Elle chuchote presque ce qui suit.*

Maintenant, il faut que la lumière soit faite au sujet de Karl. Je vais faire vite : le temps presse. L'histoire qui, sous la plume d'un poète à qui je l'ai racontée, nous a montré ce Karl, de vagabond, devenir roi, entraîné qu'il fut, pour en arriver là, toujours vers le bas par des hôtes à mesure plus déchus – cette histoire ne serait qu'incomplète sans cet éclaircissement : elle ne nous dit rien du passé de ce personnage, des plus troublants, que je suis encore la seule à connaître. Karl fuyait quelque chose, tout le monde l'a compris. Mais quoi ? Je vais vous le dire. Mais d'abord sachez ceci : il fut retrouvé inanimé, au profond de la forêt par des randonneurs, vidé de ses forces, sale, tombé d'inanition, le corps labouré de blessures et comme traîné, abandonné là par une force inconnue. On ne trouva sur lui rien qu'un collier de nouilles et sur sa peau, toutefois, à la manière d'un palimpseste, se lisait encore ici et là quelques épisodes de son aventure, des peintures martiales apparaissant vaguement sous de plus récentes qui s'écaillaient.

De nombreuses heures plus tard, probablement même quelques jours après, Karl se réveilla attaché dans un lit d'hôpital. Tout était si embrouillé en lui ! Avait-il rêvé ? en tout cas, ce qui était certain c'est qu'il ne rêvait plus alors... S'il n'avait perdu sa langue, il n'était plus capable que de s'exprimer dans un jargon incompréhensible et il poussait la plupart du temps des grognements et des onomatopées et, les yeux fous, il avait sur le visage l'air le plus farouche qui soit. On le mit sous morphine pour qu'il ne sente rien de ses multiples blessures et l'on remédia aussi à ses douloureuses privations. On lui fit bientôt savoir qu'il avait passé deux semaines et trois jours en cavale, après s'être enfui de son établissement de santé – on ignore si ce qu'on lui disait trouvait un quelconque écho en lui.

Secouru et identifié, il avait donc été ramené à la case départ, l'asile dont il s'était échappé. Ses jours n'étaient plus en danger, mais, compte tenu de ses troubles, pauvre âme hallucinée ! sa liberté, elle, était bien morte. Et son Enfer recommençait.

C'est bien cela : deux semaines et trois jours. Tout ce temps, Karl était donc en fuite et activement recherché. Pourquoi ? parce que – voici toute la vérité – après s'être rendu coupable de parricide – cédant à un raptus anxieux, il avait véridiquement assassiné son père –, souffrant d'une démence incurable, il était par conséquent considéré comme fort dangereux puisque plus sous traitement et *dans la nature*.

Une ombre l'avait hanté, nous le savons ; dans sa folie, une persistance de remords n'avait eu de cesse de le tourmenter, quoiqu'indéfinissable pour lui.

Vous devez vous dire : et s'il avait halluciné tout ce qui lui est arrivé ? et si toute cette aventure, proprement hallucinatoire, n'était que le fruit de son imagination ? Pour le restant de sa vie, lorsque Karl – si la raison lui revient – tentera d'en conter les vagues souvenirs, ce sera là l'avis de tous ceux à qui il se livrera.

Puisque donc, naturellement, vous êtes maintenant enclins, vous, à douter de l'existence des Yahoos, des Nains, des Sylvains, des Ogres, de la sorcière Mizaserug et enfin de moi-même, Aria l'ondine (moi qui suis en droit de culpabiliser, ayant échoué à sauver Karl), alors ai-je raison de continuer à vous parler ? ne faut-il pas que je disparaisse, aspirée par le nihilisme de votre nouvelle conviction ? Oui, mon heure est venue, car, comme l'écrivait James Barrie, l'un des auteurs en commerce avec ceux de mon monde, « chaque fois qu'on dit ne pas croire aux fées, il y a quelque part une fée qui meurt. »

Sur cette dernière parole, avant que la scène ne se plonge lentement dans le noir, Aria s'évanouit en mille gouttes d'eau.

NOTE DE L'AUTEUR

Je te remercie, lecteur, d'avoir jusqu'ici consacré de ton temps à me lire, et j'espère que longtemps tu choieras le souvenir de cette lecture. Puissions-nous nous retrouver bientôt et que notre compagnonnage n'en soit qu'à ses débuts ! En effet, bien d'autres livres sont en préparation qui n'attendent plus que tes suffrages, dès lors qu'ils seront édités.

Je compte sur toi pour aider ce modeste livre à exister dans ce monde : parles-en si tu le souhaites autour de toi, laisse des commentaires sur Amazon, Booknode ou Babelio, je t'en serai infiniment gré.

Encore merci et à bientôt !

Thomas Padilla.

Dépôt légal : novembre 2021

www.ingramcontent.com/pod-product-compliance
Ingram Content Group UK Ltd.
Pitfield, Milton Keynes, MK11 3LW, UK
UKHW040031200726
13854UKWH00001B/471